www.ingramcontent.com/pod-product-compliance
Lightning Source LLC
LaVergne TN
LVHW031425170726
843492LV00009B/2861

مأساة
كاتب القصة القصيرة

مأساة كاتب القصة القصيرة: رواية

الطبعة الأولى: كانون الثاني/يناير 2021م – 1442 هـ
الطبعة الثانية: نيسان/أبريل 2021م – 1442 هـ

ردمك 1-3181-01-614-978

لوحة الغلاف: الفنان الكبير: بهرم حاجو

إبراهيم نصرالله

مأساة كاتب القصة القصيرة

رواية

يبدو أننا دائمًا بحاجة لحكاية ينجو فيها البطل،

لإدراكنا العميق أننا هالكون.

الدار العربية للعلوم ناشرون

Arab Scientific Publishers, Inc.

قصة أُولى

لو أتيح لي أن أحدّد اليوم الذي أُولد فيه في الماضي، لاخترتُ يوم 4/ 4/ 44 بعد الميلاد، ولو أتيح لي أن أحدّد متى سأولد في المستقبل، لاخترت يوم 4/ 4/ 4444، لكن أمرًا كهذا للأسف، ليس بيدي، ولا بيد أيّ واحد من البشر، أو بقية المخلوقات.

كنت كتبتُ قصّة عنوانها "المربّع" ونشرتها على صفحتي في الفيسبوك منذ عامين، اعتقدتُ أنها قصّة ستمرّ؛ تُنسى في اليوم الثاني، أو الثالث على الأكثر، مثلما يُنسى كلُّ شيء هنا، ويختفي في عتمة عشرات الملايين من الصفحات التي تغمر العالم بهواجسها وهمومها ومعاركها ولوعاتها، ويغمرها غبار كوني يتراكم فوقها، دون أن يكون أحد على استعداد لنفْضه.

قصة قصيرة، لكنني للحقّ كنتُ أستلطفها، وإن كنتُ أحترق بحجم الكآبة التي تغمرها، كلما تذكّرتُ سؤال بطلها: ما الذي يمكن أن تفعله أكثر من أن تكون جيدًا، وتدرس جيدًا وتنجح جيدًا، وتحبّ أسرتك جيدًا ووطنكَ جيدًا، وعالمكَ جيدًا، لكنك تنتهي إلى مزبلة؟!

بعد أسبوع، تأكّد لي أن النسيان طوى القصة، وطوى مَن وما فيها؛ فالقصص التي تتناقلها وكالات الأنباء، التي باتتْ بعدد أصحاب الهواتف المحمولة، لا نستطيع متابعتها، وهي مصدر أساس هذه الأيام من مصادر الجنون؛ ولو كان هناك كائن فضائي يراقبنا، لجُنَّ، وهو يرانا محدّقين في الشاشات الصغيرة، تارةً نُقهقه، وتارةً

نشهق ونَشْرَقُ بدموعنا، وتارة نتنهّد، ثم تتحوّل التنهيدة إلى صرخة فمعركة مع كلّ من نراهم أمامنا، أو مع أولئك المحتجِبين خلف هذه الصفحات الكونيّة.

ولنعُد إلى قصتي التي اعتقدتُ أن الثقوب السوداء للفراغ الكونيّ قد ابتلعتها، لكنها، للمفاجأة، بُعثتْ من جديد! إذ ثبتَ أنني كأي كاتب، كاتبة، لا أَعدَمُ وجود معجبين؛ فلكل كاتب معجبوه، أحيانًا يكون عددهم كبيرًا، وأحيانًا قليلًا، فإن لم يجد عثرَ على قريب ما، وعادة زوجةً، أو زوجًا، وهؤلاء أناس مغلوبون على أمرهم، إذ يُمضون حياتهم وسط أمواج بحر معادلةٍ لا يُحسدون عليها؛ فإما الإعجاب بالنصّ المكتوب، وإما الشِّجارات التي تتفجّر لأسباب تبدو بعيدة جدًّا عن ذلك النصّ، ولكن، وكما يعرف الطرفان جيدًا، أن عدم الإعجاب هو نُطفة تلك الشجارات التي قد تتراكم موصِلة الطرفين، إلى القطيعة الكبرى، أو حتى إلى الطلاق.

لحسن الحظّ أنني لستُ مُطلَّقًا، ببساطة، لأنني لم أتزوج بعد.

بعض الكتّاب العقلاء، لا يسمحون لأمر كهذا أن يتركَ أثره على محيط عائلاتهم، فيُعجَبون هم بما يكتبون، وهؤلاء، في ظنّي أحْكَم الكتّاب وأرجحهم عقلًا.

ونعود إلى قصة "المربع" مرّة أخرى، القصة التي اعتقدتُ أنها نُسيتْ تمامًا، إلى أن فوجئتُ برسالة من فتاة جميلة حقًّا، عبر الماسنجر، تُعلن إعجابها بها.

حين أقول فتاة جميلة، فإنني أعني ذلك تمامًا، إذ إنني تأكدتُ من ذلك حين زرتُ صفحتها، ووجدتُ أن لها صورًا كثيرة، تُذكِّرُ بصِبا ممثلة إيطالية أحببتها دائمًا، وفي الحقيقة، لو خُيِّرتُ في الصورة التي أتمنى أن تكون عليها معجبتي، من قبل أن تُعجبَ بي، أعني بقصّتي، لاخترت هذه الصورة لا سواها.

صورها المتعدِّدة، بأوضاع مختلفة، أكدت لي أنها ليست فتاة افتراضية.

شكرتُها، وأثنيتُ على فهْمِها العميق للقصة، وقُدْرتها على لفتِ انتباهي لأشياء جديدة فيها، لم تخطر ببالي! ولذا لاطفتُها حين اعتبرتُها ناقدة ذات بصر قويّ وبصيرة أقوى.

أقول بصر قويّ لأنها استطاعت أن ترى هذه القصة المنشورة من بين آلاف المنشورات الأخرى على الشبكة، من شِعر ونثر وصور أعياد ميلاد وإعلانات وفاة، وأخبار عن الفساد، وحالات تسمُّمٍ جماعيّ، وحوادث قتْل بنات، وسرقات، وحوادث سير، وشتائم فظّة، وغَزَلٍ يُشعرُك فور قراءته بمغص شديد، وأخبار وأفلام قصيرة، وبثٍّ مباشر لمراسم تناول سندويشة فلافل، أو شاورما، ومرضى متهاوتين على أسرّة المستشفيات، بعيون ذابلة، تحسُّ أنهم عادوا من الموت، خصّيصًا، لالتقاط صورة تاريخية لهم!

لا ضرورة للاسترسال، فأنتم تعرفون ذلك مثلي.

بعد أن أرسلتُ لي المعجبة ردًّا؛ بدل الكلام، وريقات افتراضية خُضرًا، لا توجد بينها وردة افتراضية واحدة، رغم امتداحي لها بصدق وصفاء نية، اختفتْ!

مثل عصفورة كلّما حلّقتْ جعلتِ الفضاء أكثر رحابة وصفاء، فاجأتني في اليوم الثامن لاختفائها برسالة جديدة، وقراءة تُوسّع أفق قراءتها الأولى، كما تُوسّع أفقَ القصة؛ لقد اكتشفتْ أشياء جديدة في قصّتي، بعد أن كنتُ على يقين من أن تلك المعجبة قالت كلَّ شيء في السابق.

لم أعرف، حقيقةً، ما الذي يمكن أن أقوله لها، ففكّرتُ في أن أرسل إليها وريقات خُضرًا، افتراضية بالطبع، لكنني رأيتُ أن في الأمر تقليدًا ساذجًا لها، لا بدَّ ستلاحظه، هي التي وصفتني بأنني "كاتب قصّة طليعيّ مفاجئ"، وهنا أستعير وصْفها دون زيادة أو نقصان، وإن كنتُ فكّرت أن لا أضع وصْفها لي هنا، حتى لا يُفسِّره البعض استجداء لمديح قارئة غير معروفة، فلا هي في النهاية إحسان عباس، أو جورج لوكاش، أو عائشة عبد الرحمن، أو باختين، أو علي الرّاعي، أو فاروق مواسي، رحمهم الله.

كتبتُ لها أشكرها مرّة ثانية، وإن كنتُ اكتشفتُ أنني أعيد مضمون رسالة الشّكر الأولى بكلمات جديدة، مع تقديم وتأخير الجُمل والكلمات والفواصل والنّقاط.

انتظرتُ أربعة أيام بلياليها. قرأتُ خلالها قصّتي مرّات ومرّات، باحثًا عن تلك الأبعاد التي تحدّثتْ عنها المعجبة؛ الأبعاد الخفيّة التي أحسستُ بأنها تُغيِّر اسم قصتي إلى "مربع بألف زاوية وأربع زوايا ". طبعا من الصعب أن أقول بألف زاوية وزاوية، رغم محبتي الشديدة لألف ليلة وليلة، لأن الرّقم يجب أن يكون قابلا للقِسمة على أربعة.

نمتُ متأخرًا في الليلة الأخيرة، وفي صبيحتها وجدتُ أنها أرسلتْ رسالة جديدة في الرابعة صباحًا، أيّ قبل أن أصحو بأربع ساعات.

كانت رسالة طويلة تفوق القصّة طولًا، فقدّرتُ أنها سهرتْ حتى مطلع الفجر وهي تخطّها بحرارة واضحة، وانفعال شديد يبلغ ذروته في النهاية، وكأنها تكتب قصيدةً نقدية، لا بدّ لها من خاتمة صاعقة، تُشعل القارئين والقارئات، والمستمعين والمستمعات، إن انصتوا إليها في واحدة من المحاضرات.

بدا لي أن الكتابة إليها للمرة الثالثة أصعب من أن أجلس وأكتب قصّة جديدة عنوانها "مربع بأربع وأربعين زاوية". مفاجئون أولئك الذين يحبونك أكثر مما تُحبّ نفسك، ويثقون بك أكثر مما تثق بها، أعني نفسك، ويهيمون بها أكثر مما تهيم بها، وأعني نفسكَ أيضًا.

أمضيتُ النهارَ أفكّر في ما يمكن أن أخطّه لها في رسالتي، وأنا أتساءل عن سبب تولّهِها بقصة تحمل عنوانًا جافًا كهذا، وإن كانت الحكاية التي ترويها طريفة كما أشرتُ، وذات بُعدٍ أو بعدين على

الأكثر، لا مائة بُعدٍ حسب قراءاتها المتتالية التي جعلتْني على قناعة تامة من أنني لن أفاجأ إذا ما أرسلتْ لي كتابًا كاملًا عن القصّة، مُرفقًا برسالتها الرابعة.

بحثتُ عن الكلمات كطفل صغير يريد التعبير عن شيء يفوق وعيه وعمره وقدرة لسانه على الدَّوران ما بين سقف فمه وحنجرته وأسنانه اللبنيّة.

لم أجدها، أعني الكلمات.

قد يرى بعض الناس أنّ عليّ أن أفرح بإعجابها، فها أنا أعثر على القارئة المستحيلة، التي يتمنّاها كلُّ كاتب، وكلُّ كاتبة. لكنني في الحقيقة وجدتُ إحراجًا لي في إطرائها؛ ولأنه فاق الحدود المتوقّعة، بتُّ أشكُّ في جدّيته، وإذا أردتُ أن أكون صريحًا أكثر، سأقول إنه بدأ يُضعضعُ ثقتي بقصّتي، والأسوأ، ثقتي بنفسي. فها هي قارئة تأتي وتكتبُ كلامًا أعمق من إنجازي، كما لو أنها صاحبة القصّة لا أنا.

تذكّرتُ أنني قرأتُ منذ سنوات خبرًا يقول إن هناك أكثر من ثمانين رسالة دكتوراه نوقِشَتْ في جامعات عالمية، ومنها جامعات عريقة، حول مسرحية "هاملت" لشكسبير. وقد ظلَّ الأمر محيّرًا لي، لا سيما أن على كل صاحب أطروحة أن يقدّم شيئًا جديدًا لم يسبقْه فيه أحدٌ ممن كتبوا الأطروحات قبْله، وفي ظنّي أن عدد الأطروحات، الآن، تجاوز مائة وعشرين أطروحة على الأقل، بعد مرور هذه السنوات. وهنا بالطبع، لا أريد أن أبحث عن، أو أتوقّع عدد رسائل الماجستير والأبحاث الجامعية والمقالات التي حُبِّرَتْ حول تلك المسرحية، بعد أن حملت الأخبار أيضًا، لي -أخبار الصحف الورقيّة- أن شكسبير هو الكاتب الأكثر شعبية، والأكثر قُربًا من قلوب الصينيين.

بارتباكٍ المتواضع كتبتُ لها أشكرها، بعد ساعات طويلة أمضيتُها باحثًا عن الكلمات المناسبة، متوقِّعًا أن لا تتأخّر في إرسال وريقاتها الخُضْر الافتراضية مرّة أخرى، لكن ذلك لم يحدث. ولست ضدَّ هذا، مع أنه أقلقني، لأنني أرى أن لكلِّ إنسان الحقَّ في أن يُعبِّر عن أفكاره وأحاسيسه في الوقت الذي يراه مناسبًا، وبالطريقة التي يراها مناسبة، على أن لا يكون مؤذيًا للآخرين، أو أن لا يُعبِّر أبدًا.

انقطعتْ أخبارها، حتى ظننتُ أنها اختفتْ، لكن ذلك لم يمنعني من التّسلل إلى صفحتها، مُتمنيًا أن لا تعرف بذلك، بطريقة من الطُرق.

كنتُ خائفًا وكأنها هي التي ستتسلّل إلى داخلي، رغم حرصي الشديد دائمًا على أن لا أتعرّى، روحيًّا، إلى هذا الحدّ أمام أيّ إنسان!

كل شيء يبدو آمنا للآخرين، ولنا، بعد أن نخترع كلمات مرور لا تخطر ببال كثير من المجانين، ونتحصّن خلْفها، كباب قلعة، في الوقت الذي نقوم فيه بكتابة كلِّ ما يفضح أحزاننا وأفراحنا وأمراضنا وصحّتنا، ثم نضعه أمام ذلك الباب لا خلف درْع كلمة السّر! غريب..

حقيقة، أريد أن يشرح لي أحد هذه المفارقة، ولعلّني أستعين بمعجبتي هذه، وقد تأكدتْ لي سعةُ عقْلها وقوة بصيرتها، وجدّيتها، إذ إنها لم تمرَّ على القصة مرورًا عابرًا، بل أدركتْ ما أدرَكَه كلُّ أصحاب الأطروحات التي قُدِّمتْ حول "هاملت"، مجتمعين، حين رأت أن النصّ الجيد لا ينتهي، ولا أعني هنا كالخط الذي يُزنّر الدائرة، بل الخطّ الممتدّ إلى الأبد.

* * *

صُوَرها، وصُور أهلها وأخبارهم، إخوتها وأخواتها، وما يحققونه من نجاحات في مدارسهم وجامعاتهم، أكَّدتْ لي أنها من لحم ودم.

14

وللحقّ، كانوا رائعين وكأنني اخترتهم، بنفسي، لها، ومن يعرف، ربما اخترتُهم لي ولها مستقبلًا!

عِلْم الإنترنت، أحسّه دائريًا، كل شيء يمكن أن يُخترع فيه، أو يُقلَّد. فقد تخرج أصواتنا من أفواه غيرنا، أو يضعون لنا أصواتنا المُصنَّعة على مقاطع أفلام التُقطتْ لنا، ببراءة، وإذا بنا نقول كلامًا يوصِل إلى المشنقة.

اليوم، أسهل شيءٍ يُمكن أن يُزوَّر ويتمّ التلاعبُ به هو صوَرنا.

ما قطع الشَّك باليقين، في مسألةٍ كونها من لحم ودم، وأفكار نيّرة بالطبع، تصفّحي لعدد من صورها مع طفلة في السّادسة من عمرها، تتكرّر، وتبدو فيها مُعجبتي دائمًا أكثر سعادة؛ مُشرقة حقًّا، بل إنني لا أبالغ إذا قلتُ إنها تُحَبُّ أيضًا.

تلك الفتاة الصغيرة، كما أوضَحَتْ، هي ابنة أختها التي لا أريد أن أُشير إلى اسمها حتى لا أُشغل بال القارئات والقراء بالبحث عن معجبتي الأثيرة في صفحات الفيسبوك، لا سيما أن اسم ابنة أختها نادر تقريبًا.

أعود لصُوَر معجبتي.

تأملتُ الصّور طويلًا، وأنا أتساءل عن سرِّ ابتسامة النجمات التي تضيء شفتيها، في صورها مع ابنة أختها، وإن أردتُ أن أكون أكثر دقة في هذا، سأقول: إنني بدأت البحث عن كلمة السرِّ التي تجعلني أفهم أطياف ابتسامتها.

بعد أيام طويلة من تأمّل الصّور، أصبحتْ ملتصقة بشبكيّتَي، فكلما نظرتُ إلى حائط وجدتها تفترشه بين الزوايا الأربع، وكلما أغمضتُ عيني، ليلًا، رأيتُها على السقف مثل مشروع فيلم بسيط،

مكوَّن من صور ثابتة أعدّه طالب ليروي عبرها تاريخ جدّه الرّاحل، لكنه تعامل مع الفيلم بالجدّية نفسها التي يتعامل بها يوسف شاهين أو مارتن سكورسيزي مع عمل جديد.

في غمرة تفكيري هذا، تململتُ ذات ليلة، واستدرتُ موجِّها عينيَّ المغمضتين إلى الحائط، يميني، فانتقلتِ الصورةُ من السقف إلى ذلك الحائط. عدتُ ونمتُ على ظهري، فعادت الصّورة إلى السقف، واضحة كتقنية الـ 8K التي طرحتْها شركة سامسونغ في الأسواق مؤخرًا، متجاوزةً بقية الشركات العالمية، (آمَلًا أن لا تُجرجَر إلى المحاكم كما جُرجرتْ من قبل، حينما اتُهمتْ بسرقة اختراعات من الآي فون، وخسِرتْ القضية، كما أخبرني زميل هاجر، وكان مُحكَّما في تلك القضية، وأفاد كثيرًا، لحسن الحظِّ، من صراع الشّركتين!) بوصول الصّورة إلى ذلك الوضوح، والذي لا بدّ أن العين تتمتّع به أصلًا، وإلا لما كانت قادرة على مشاهدته، قفزتُ من فراشي.

لقد اكتشفتُ سرَّ ابتسامة معجبتي وسرَّ إعجابها بقصّتي؛ وللحقيقة أنني لم أكن بحاجة لأي نوع من التقنيات البصرية، مثل الـ 8K لأحلَّ شيفرة ابتسامة بذلك الوضوح، لأن كلمة السرِّ كانت موجودة في الصّورة نفسها، وظاهرة بوضوح لا مثيل له!

باختصار، كان جسد ابنة أختها مميّزًا إلى حدٍّ لا يُصدَّق؛ كان مربعًا تمامًا، لولا ذلك النّتوء، بين كتفيها، الذي اتفقت البشرية على أن تدعوه رأسًا!

في كثير من الحالات ينظر الناس باستغراب شديد إلى جسد كهذا، إلّا أنني أعتقد أن لكلِّ إنسان الحق الكامل في أن يكون مُختلِفًا كما يريد.

صورة لمعجبتي في مرآتي:

- طولها 170 سنتيمترًا (رقم تقديري).

- شعر كستنائي طويل، وأنف مدبّب قليلًا، كان يمكن أن يكون أنفًا رومانيًّا مثاليًّا لو كان أقصر بسنتيمتر واحد.

- حاجباها طبيعيّان. الصورة تُظهر ذلك، ومثل جناحي طائر متوقِّف في السماء.

- العينان واسعتان، تنظران إليّ مباشرة، بياضهما صافٍ، وسوادهما كثيفٌ.

- نظرتها لمعة ذكاء وثقة عالية بالنّفس.

- عنقها طويل، لا تحجبه الياقة العالية، وإن كانت فتحة قميصها الأبيض، بوروده الصغيرة، حمرًا وسودًا، تمنحه طولًا إضافيًّا.

- ملتقى النّهدين.............

- شفتاها نصف ممتلئتين، حمراوان، مع يقيني أنها لا تضع أيّ أحمر شفاه.

- صدرها! لا أستطيع وصْفه، فيدها اليُمنى التي تُطوّق ابنة أختها جعلتْ امتداد القميص يخفيه.

- خصرُها! بين المتوسط والنحيل، بحيث يمكنني القول إنه

يقع في منزلة وسطى بين الخصر الإيطالي والخصر الفرنسي في أفضل حاليهما.

- لا شيء يظهر تحت ذلك، فالمرآة نصفيّة!

أمضيت أسبوعًا كاملًا بعد ذلك في التّفتيش عن بشر مُربّعين! شاهدتُ أفلامًا، وبرامج مسابقات، مجلات قديمة من تلك التي توقّفتْ عن الصّدور، وأخرى تحتضر، صحفًا، أراشيف، صورَ عائلتي، بل إنني تماديتُ إلى درجة أنني تأمّلتُ صوري طفلًا، وشابًّا، وما بعد ذلك، متوقّعًا، بخوف، أن أعثر على صورة لي، يكون فيها جسدي مربّعًا. لم أعثر لحسن الحظ، وإن كنتُ نهضتُ ذات ليلة من نومي فزِعًا، بعد أن رأيتني في المنام مربّعًا، فهبّتْ أمّي من فراشها واحتضنتْني، وأنا خائف أن تثقب إحدى زواياي َصدرها، وأكون السبب في موتها.

حكيتُ لأمّي عن حلمي، فأطرقتْ طويلًا باحثة عن مَثَل كعادتها، لتحسِم به كلّ قوْل، وبعد دقائق من صمتٍ عميق قالت: "إللي إلُه أضلاع لا تخاف عليه من الضّياع". أدركتُ أنها اخترعتِ المَثَل، كي لا تبدو عاجزة عن تقديم العون لابنها في لحظة هو في أمسّ الحاجة إليه، أمّي التي قالت لي ذات يوم بعيد "ليس هناك شيء لم تقله الأمثال"، فكما نعرف جميعًا، هي خلاصة تجارب البشر، ولا يجوز لأحد التشكيك فيها، وبخاصة إذا كان إنسانا مثلي حلم ذات ليلة أنه مربّع.

في الصباح، لم يكن صعبًا عليَّ أن أعرف أنّ حلمي أقلق أمّي، فما إن جلست قبالتها حتى أعادت صياغة مثَلها، واثقة من أنني نسيتُه:

"الضياع والأضلاع ما بيلتقوا أبدًا". لكنها وقد تأكدتْ من أنني لم أخرجْ من كابوسي بعد، لفرط تحديقي إلى يدَيَّ وقدمَيَّ، وتحسُّسي لأطرافي بين حين وآخر، وزواياي غير المرئية، قالت لي إنها تذكّرت مثلًا آخر يقول: "بين ضلاعك نام واحلم بالسّلام".

٭٭٭

حين عدتُ من العمل ليلًا، كنتُ متعبًا. أخبرتها أنني لن أسهر معها لمشاهدة برنامج المصارعة، وقد كانت تحبّه أكثر من أي برنامج آخر، ربما إخلاصًا لأبي الذي طالما أحبّه. كنتُ أجاملها، لأن العنف في هذا النوع من العروض التلفزيونية لا يُحتمل، كما أن الضّرب الذي تتلقّاه الأجساد لا يمكن أن تحتمله سلسلة من الجبال؛ من جبال "روكي" حتى "جبال أطلس الكبير" وصولًا إلى "الهملايا". نهضتُ، وقبل أن أدخل غرفتي، سمعتُها تقول لي: تذكرتُ مثلًا جديدًا يقول: "اضلاعك سباعك، أعلى من كلْ سور، نام نومة الهَني واصحا صحوة المنصور!" فلم يُخْفَ عليّ أنها تدعو، ولكن على طريقتها الخاصة، وهذا حقٌّ من الحقوق التي لا أُجادل فيها، وهو: لكل إنسان الحقّ، إذا عصفَ به حبٌّ كبير، أن يُبدي مشاعره بالطريقة التي يراها مناسبة، وعلى المحبوب الرّأفة به إن خانه التّعبير.

20

لن أكون صادقًا إذا ادّعيتُ أنني بعد أسبوعين من غيابها، نسيتُها:
معجبتي، لقد تذكّرتها ثانية لأنني لم أَعُد قادرًا على محو صورة ابنة
اختها ذات الجسد المربّع، فعدت ثانية إلى صفحتها باحثًا عن صوَر
أفراد آخرين من العائلة.

الغريب أن عدد من يظهرون في الصّور كان قليلًا جدًّا، بحيث لم
يُتح لي أن أتأكَّد إذا كان هناك شخص آخر في العائلة مربعًا أم لا.

بعد تأمّل اكتشفتُ أن وصولي إلى حقيقة وجود عائلة مربّعة أمرٌ
مستحيل، لأن صور البقية غير مكتملة، يمكن أن أقول ما فوق
منتصف أجسادهم بقليل، لكن ما فضح طبيعة جسد تلك الصغيرة،
اللطيفة حقًّا، هو وقوفها فوق طاولة كشَفتْ سرّ تربيعها.

هل يكون سرُّ معجبتي المُعجبة بقصتي قائمًا في كونها مربعة أيضًا؟
لستُ متأكدًا..

لم تكن كتفاها توحيان بذلك، وبخاصة في صورها الصيفيّة، التي
تكشف فيها ملابسها الخفيفة عن ذراعين رقيقين، وكتفين فاتنتين
حقًّا، وتتزايد فتنتهما أكثر مع ارتدائها قمصانًا سودًا وبيضًا!

***

أعرف أن كثيرًا من الناس متّفقون على أن يتحاشى زملاء العمل
الوقوع في حبّ بعضهم بعضًا، لأن ذلك يجلبُ الكثير من المشاكل،
لكنني لم أستطع تصنيف علاقتي بمعجبتي هذه وفقًا لذلك. هل هي

21

علاقة عمل، باعتبار أن ما يجمعنا هو الأدب؟ ومبنى جميل فيه هو القصّة؟ وأفق واسع هو الإبداع؟ بخاصة أن أعضاء اتحادات الكتاب وروابطهم يُطلقون على كلّ من انتمى إليها: زملاء، كما في نقابات المهندسين والأطباء والمعلمين والعاملين في البنوك!

من المحزن أن تكتشف، كمؤلف للقصص، أنك تتقافز من حدث إلى حدث بلا منطق قصصي سَلِس، كما أفعل الآن، إذ إنني قفزتُ من مسألة إعجابها بالقصص، التي باتت حقيقة واضحة، إلى مسألة الوقوع في الحبّ، مستشهدًا بزملاء العمل، بعد أن غدونا، أنا وإياها، زميلَيْ قصّة! وإن كنتُ هنا صاحب المشروع، وهي مديرته اللامعة التي استطاعتْ أن تطوِّره بطريقة فاقتْ المشروع وصاحبه، بصيرةً.

أسوأ ما حدث أنها لم تعُد تنشر أي شيء جديد على صفحتها بعد رسالتها الأولى إليّ، كان آخر ما نشرته هو صورة ابنة شقيقتها أمام عتبة باب ترتدي فستانًا صيفيًا يُبرز دقّة تربيعها، وهي الصّورة الأكثر وضوحًا. كانت الصغيرة تبتسم بسعادة غامرة، بحيث قدّرتُ أن معجبتي هي التي تقف خلف هاتفها المحمول، أو الكاميرا الخاصة بها، لالتقاط الصّورة.

الكتابة إلى معجبتي من جديد اعتبرته أمرًا غير لائق، فأنا لم أتلقَّ رسالة منها، أو حتى وريقاتِ نباتٍ افتراضية خُضْرًا، ردًّا على ردّي. ولو فعلتُ، فإنني أظن أن أفضل ما يمكن أن أفعله هو أن أردّ بإرسال زهرة عباد شمس افتراضية، وهي زهرةٌ طالما استخدمتُها لأنها لا توحي بما توحي به أيّ وردة أخرى، وبخاصة الورود الحُمْر القانية، عباد الشمس زهرة توحي بالضوء والأمل، وربما يمكن أن أقول بالثقة، لأنها تقف بشموخ، ولا تحني رأسها أبدًا في النهار، وتنتظر ساعات طويلة إلى أن تتأكد من أن الظلام قد حلَّ، وأن من الصعب على الناس أن يروْها في وضع الانكسار، فتميلُ بتاجها الذَّهبيّ نحو ساقِها.

* * *

في صباح اليوم السادس عشر، فتحتُ الماسنجر، فوجدتُ مِلفًّا مُرسَلًا منها، دون أيّ شرح.

أنزلتُه..

فوجئتُ أنها دراسة طويلة، وأظنكم توقَّعتم أنها حول قصتي، مكونة من مائة وأربع وأربعين صفحة، وبدقة أكثر من أربعة وعشرين ألفا وثمانمائة وست عشرة كلمة.

أول ما خطر ببالي: ما الذي يمكن أن أكتبه لها بعد هذا!

وحتى لا أبدو غير مبالٍ كتبتُ لها بعد ساعتين: "وصلتْ

23

الدراسة، إنجاز غير متوقّع، بدأتُ بقراءتها قبل قليل، سأكتبُ لكِ فور انتهائي منها، دمتِ بخيرٍ".

بعد أن أرسلتُ الرسالة انتابني شيء من النّدم، ففتحتُ رسالتي وعددتُ كلماتها، كانت ست عشرة كلمة. وحين تذكرتُ أن دراستها مكونة من أربعة وعشرين ألفا وثمانمائة وست عشرة كلمة، خفقَ قلبي بشدة، لسببين، فها هو رقم 16 يجمع بيننا، عن غير قصد، وها أنا أكتب لها رسالة مكونة من أربعة مربّعات!

أهذه مصادفة، أم مفاجأة؟! ربما هي الاثنتان، ولكنني أرى أن لكل إنسان الحقَّ في أن يُصادَفَ، كما أن من حقّه، إن حدث ذلك، أن يُفاجأ.

صورة لي أمام مرآتي بعد وصول الدِّراسة:

- سعيدٌ كما لو أن طولي متران.
- واثقٌ كما لو أنني قائد طائرة إيرباص (A 380).
- مبتسمٌ، كما لو أنني حقّقتُ منذ عشر ثوانٍ هدفًا في فريق ريال مدريد.
- عينان لامعتان، كما لو أنني أسيرُ على بساط أحمر مرافقًا بطلة فيلم "المربع"، آنا دي آرماس.
- منتشٍ كما لو أنني فزتُ بأوسكار أفضل نصٍّ أصيل.
- أسمرَ اللون، عريض الجبهة، بغمازتين ظاهرتين حتى وإن لم أبتسم.
- عنقٌ قوي، وكتفان مشدودتان كقوْس روبن هوود في الفيلم الذي قام ببطولته راسل كرو.
- خصر ضامر وإن امتلأ البطن.
- سأتوقف هنا، لأن مرآتي نصفيّة.

انتظرتُ بفارغ الصبر انتهاء الدّوام، بل يمكنني القول إنني انتظرت انتهاءه أكثر مما يجب، حتى أنني وصلتُ أبكر من المعتاد، وكأنَّ وصولي أبكر من المعتاد سيتيح لي العودة قبل انتهاء الدّوام المعتاد!

غريبٌ هو الإنسان!

حين وصلتُ البيت وجدتُ وجبة ساخنة جهّزتها أمّي لتكون في انتظاري لحظة عودتي من العمل : "كبّة لبنيّة". للأسف ليست من صُنْع يديها، بل هي جاهزة، تشتريها مجمَّدة، ثمّ تضيف إليها ما يلزم.

أمّي أخبرتْني أن عليّ أن آكل بسرعة لأن أختي وزوجها قادمان لاستشارتي في مسألة مهمّة. سألتُ عن تلك المسألة، فقالت لي : " أنا لا أعرف، مثلي مثلك، ولو عرفتُ، أنت تعرف، لن أخبرك، حتى تكون مفاجأة".

هذه واحدة من الألعاب المفضّلة لأمي؛ لا تخبرني حتى بأبسط الأشياء، فإذا سألتها: "ماذا سنأكل اليوم؟"، تردّ: "مفاجأة".

"هل أثلجتْ عندكم؟ المشهد حول المكتب أشبه بسيبيريا"، فترد: "مفاجأة".

"هل ما زال جارنا أبو أحمد على قيد الحياة، في الصباح سمعتهم يقولون إنه لن يعيش حتى الظهيرة؟" فترد: "لن أخبرك، مفاجأة".

✳✳✳

فكّرتُ في الذهاب إلى ذلك المِلفِّ الذي أنزلتُه، والبدء بقراءته، قافزًا عن مسألة العشاء، لكنني، لو فعلتُ، ستبدأ أمّي فصلًا طويلًا من البحث عن السبب الذي دفعني لذلك. اختصرتُ الأمر كلّه، ورسمتُ ابتسامة تجاوزتْ غمازتَي، خُيِّل إليّ أنها ابتسامة مثلّثة. لحسن الحظ لم تلاحظ أمّي أضلاع ابتسامتي ولا زواياها، وإلا لكانت علَّقتْ على ذلك: أين اختفتْ غمازتاك؟!

أمسكتُ بالملعقة، وقبل أن تلامس حبّة الكبّة المستديرة، المستديرة منذ أن كوّرتها الآلة، هيِّئ لي أن الحبّة كانت مربعة، نظرتُ إلى البقية، كلّها مربعة، صدمني الأمر، حتى أنني ظننتُ أن معجبتي تعرف أمّي، وأنهما حاكتا معًا هذا المقلب الطَّريف، الثقيل.

تراجعتْ يدي إلى الوراء بإرادتها وحدها، وكأنها أدركتْ أن مصيدة أُعدَّت لها، لا يظهر منها إلّا نصفها، أما باقيها فتحْتَ مرَق اللبن الذي يغمر ثلاثة أرباع مكعّبات الكبّة!

أمّي لاحظت ذلك، فسألتني: "هل سقطتْ في الطعام حشرة، لا سمح الله، لترتدّ يدك وكأن أفعى فاجأتكَ في الصحن؟" نفيتُ ذلك قبل أن تُنهي سؤالها، وأنا أجاهد أن لا يكون في نفيي أيّ حدٍّ من العصبيَّة.

أخبرتها: "اكتشفتُ أنني غير جائع، لذا سأؤجل تناول طعامي"، فنبّهتني إلى أن ذلك سيكون ضارًّا بنومي، بل قد يكون سببًا في عودة كابوسي الذي لم تزل تفكّر وتسأل من تعرفهم عن تفسير منطقيٍّ له، لكنها لم تسمع إجابة شافية.

قبل أن تصل أمّي إلى المطبخ عائدة بوجبتي، سمعتُ جرس الباب يُقرَع، نهضتُ، كانت أختي وزوجها بالباب، ومعهما أطفالها الثلاثة!

***

أخبرني زوج أختي، وهو مصمِّم برمجيات ناجح، أنهم جاؤوا ليستشيروني في مسألة مهمّة، باعتباري صاحب خبرة في مجال بيع وشراء العقارات منذ عشر سنوات.

تذكرتُ أنني أمضيت فعلًا، في هذا العمل، كل ذلك الزمن، وانتفض قلبي قليلًا، حين أدركتُ أنني سأتمّ السنة الحادية عشرة في آب، أغسطس القادم، من السنة القادمة.

– "نحن نفكر بشراء شقة، وليس هناك من يعرف بالشّقق أكثر منك"، قال لي زوج أختي.

التفتُّ إلى أختي فوجدتُها تنتظر إجابتي، في وقت بدت فيه أمّي فرِحةً بقرارهما؛ هذا القرار الذي يعني أن بيتًا سيستر شقيقتي أخيرًا، ويسترُ عائلتها، ويحميهم من تقلّبات الزمان، ونهر نقود الإيجارات الذي يذهب سدى، بعد أن سترها الله بعريس طيب، رغم أنها لا تستطيع التحدّث معه في أمور عمله المعقّد.

– "كنا نتمنى لو أن لدينا قطعة أرض نبني عليها وتكون المُشرفَ على البناء، ولكن لا الأرض لدينا ولا الوقت لديك!" قالت أختي.

بثقة أخبرتهما أن هذا الوقت هو الأنسب لشراء شقّة، وأنني سأسأل وأبحثُ، مع أنكم تعرفون أن مجال عملي هو بيع وشراء الفلل والبيوت الكبيرة، فالأسعار متهاوية، والبيع متوقّف تقريبًا، حتى أنني لا أستبعد اليوم الذي سأذهب فيه إلى العمل فأجدُ أبوابه مغلقة!

– أنتَ تشجّعنا أن نشتري الآن، أم ننتظر قليلًا، إلى أن يتحسّن الوضع أكثر؟ سألتْ أختي.

– تعنين أن يتدهور أكثر؟!

- كلّ شيء متوقّع، ولكن لا بدّ أن نغامر، هذا رأيي، ولكن الرأي في النهاية لأختك!

أختي التي تعمل مديرة لمدرسة إعدادية في ضواحي العاصمة، التفتتْ إلى زوجها مُعاتبة، إذ إن كلامًا كهذا لا يجوز أن يقوله أمام الناس، صحيح أن الرأي رأيها كما نعرف جميعًا، لكنها للحقيقة، لم تكن تُبدي أي نوع من التنمُّر عليه بحضور أيّ إنسان، غريبًا كان أم قريبًا، وهذا يشملني ويشمل أمّي.

- الرأي رأيكَ ورأي أخي!

رغم أن أختي هذه، كانت أصغر مني بعامين، إلّا أنها كانت مُتحكِّمة بي بصورة غريبة، بل لا أبالغ إذا قلتُ إنها كانت مُتحكِّمة بأمّي أيضًا، وبقية أخوتي وأولاد حارتنا، ولذا كان طموحها، منذ طفولتها، أن تكون مديرة مدرسة. لم تقل يومًا إنها تريد أن تكون معلمة ثم تصعد سلَّم الوظيفة إلى أن تبلُغ سدَّة الإدارة!

في الحقيقة توقَّعتُ دائمًا أنها ستكون أكثر من ذلك، كأن تصبح أول مديرة للمخابرات العامة في تاريخ البلد.

رهيبة؛ لم يكن يفوتها شيء، وطاغية؛ صاحبة لسان ناعم حينما يقتضي الأمر.

- تعرفون أنني في خدمتكم، وبالطبع مجانًا، وضحكتُ. الآن باستطاعتكم شراء شقّة بسعر أقل بـ 20 %، وإذا أردتُ أن أوضّح، فإنكم إن كنتم تفكّرون في شقة من غرفتين، ستحصلون على شقة من ثلاث غرف، وإذا كنتم تفكرون في شقة من ثلاث غرف، ستحصلون على شقة بأربع غرف، هذه الغرفة الإضافية يمكن ان تعتبروها هدية إضافية.

❋❋❋

بعد أن تناولوا الشّاي والقهوة، سألتهم أمّي إن كانوا جائعين، فلم يتردّدوا في الاعتراف بجوعهم.

اختفتْ أمّي في المطبخ قليلًا، تبعتْها أختي، فمال زوجها وهمس في

30

أُذني: "فعلًا الرأي رأيها، ولكنني أحبّ أن أعرف رأيكَ لأطمئنَّ".

طمأنته، فأخبرني، بسعادة، أنه يحسّ بشبع حقيقيّ بعد أن سَمِع هذا مني مباشرة.

توجّهنا أنا وهو إلى الطاولة حين رأيت أختي تحمل صينية كبيرة تفوح منها رائحة مربّعة، أو هكذا خيّل لي. وضعتْها على الطاولة.

أمّي أعلنتْ، قبل أن تجلس، أنني سأتناول الطعام معهم، لأنني لم آكل حين عدتُ، وبإعلانها هذا، أحسستُ أنها ببراعة شديدة، قسّمتْ تلك الكتل الغارقة في المَرَق اللبنيّ بين ستة أشخاص، وضمنتْ بذلك حصّتي.

ذكّرتُ أمي بأن الوقت تأخّر بالنسبة لطعامي، ولا مبرر لأن يكون نومي قلِقًا.

فهمتُ الأمرَ، وهزّتْ رأسها داعية أسرة أختي: "تفضّلوا، صحتين وعافية".

التفتُّ إلى وجه أختي وجدته يفيض سعادة، فهذه واحدة من الأكلات التي تحبّها، فبعد سنوات أمضتْها نباتيّةً، عادتْ من جديد لأكل اللحم، لكنها كانت تشترط أن يُقدّم إليها مفرومًا، أما إذا كان قطعًا كبيرة فإنها ترفض أن تمدّ يدها إليه!

أدركتُ، في ذلك المساء، أن سرَّ سعادتها قائم في قطع اللحم داخل حبات الكبّة، فهي صغيرة لأنها مفرومة، والأهم، أنها لا تراها!

لكن أكثر ما أثار انتباهي، أنهم لم يلاحظوا أن الكرات كانت مربعات! وتوقّعتُ أن أسمع تعليقًا عندما ينتهون، لكنهم كانوا بسعادة يتحسّسون بطونهم، كما لو أن كل واحد منهم يتحسّس شعر قِطّه الخاص.

***

تلك الليلة، بعد خروجهم فرِحين، قرأتُ عشرين صفحة من الدّراسة، وأنا أتساءل: "هل كنتُ أقصدُ كل هذا الذي تتحدَّثُ عنه؟!".

قُبيل الفجر نهضتُ، قاصدًا قصّتي، وكأنها مدينة بعيدة، باحثًا فيها عمّا جاء في الدّراسة.

أشعلتُ الضوء، فأحسستُ أن حجم الغرفة مختلف، هل لأنها المرّة الأولى التي أراها في هذا الوقت من الليل؟ ربما.

- هل كانت أضيق؟

- لا أعرف.

- أكثر اتساعًا؟

- لا أعرف.

قبل أن أُنهي نصف الصفحة الأولى من القصة أحسستُ بنعاس شديد، قاومتُهُ لأنني لم أكن أتخيّل أن هذا الأمر سيحدث معي وأنا أقرأ قصةً لي، يحدث معي حين أقرأ لسِواي، إذ تفعل نصف صفحة قراءة في الليل، بي، أكثر مما تفعله حبتا منوّم.

نمتُ، وثانية صحوتُ صارخًا.. لقد عاودني الكابوس.

لم تمتدح أمي الأضلاع ولا المربّعات، هذه المرّة، أسندتْ ظهرها إلى الزاوية المجاورة لتختي، وجلستُ على حافة السرير، وبقينا على وضعنا دون أيّ حركة، حتى أشرقت الشمس.

تأمّلتُ وجه أمي الذي سقطت عليه حزمة من الضوء، وأنا أردّد: للشمس الحقّ في أن تُشرق كل صباح، كما أنّ لكل إنسان الحقَّ في الاستمتاع بضوئها، رُغم حزنه.

أختي التي لن أدوّن اسمها هنا، حتى لا يكون من السهل الاهتداء إليها باستخدام المعلومة الأولى التي أوضَحَتْ أنها مديرة مدرسة إعدادية في الضواحي، أختي هذه، بدأتْ حياتها طريفة، وتُحَبُّ. حتّى تجاوزاتها اللغوية كانت تتحوّل إلى طُرَفٍ، بينما كنت، من يومي، كما يقال، رائعًا في اللغة العربية.

ذات يوم طلبتُ منها أن تساعدني، وأنا أعمل على تركيب لمبة محروقة. كنت في أعلى السُّلَّم:

- هل تتكرّمين بمناولتي اللمبة الجديدة؟

نعم، كنت أخاطبها بهذه اللغة الفصحى، الحميمة، المؤدبة، وإذا بها تقول لي بصوت مرتفع:

- أنا حريصة على مقامتي، انزِلْ وتناولها بنفسك.

في طريقي إلى الأرض ثانية، أخبرتُها أن عليها أن تقول: "أنا حريصة على مقامي". فقالت لي بجدية: " ما دمت صححتَني فقد فهمتَ ما كنتُ أعنيه، أليس كذلك"؟

هكذا عادة يكون حوارنا:

- هل أحببت الحلقة الأخيرة من المسلسل؟

- إنها خالية من التّشواق، كما أن البطلة مكتلفة جدًا في تمثيلها.

- لعلمكِ، نحن نقول التشويق وليس التّشواق، ونقول متكلّفة وليس مكتلفة!

- لكنكم فهمتم عليّ، أليس كذلك؟

- طبعا.

- أين المشكلة إذن؟!

❋❋❋

كثيرًا فكرتُ في الكتابة عنها، أعني أختي، فكرتُ بقصة قصيرة، ولكنني آثرتُ أن أدّخرها لمسرحية كوميدية أكتبها ذات يوم، رغم إخلاصي الأعمى الذي أعلنته في غير مناسبة للقصة القصيرة.

في المرّة اليتيمة التي دُعيتُ فيها لمؤتمر خارجي، وكانت دعوة مفاجئة حقًّا، أعلنتُ إخلاصي للقصة باعتبارها قمة الصّفاء الإبداعي وكثافته، وقلتُ: إنني لن أقبل بتحويل نفسي إلى سلعة بالإقدام على كتابة الرواية، التي باتت فريسة سهلة للكثيرين.

حين انتهت المحاضرة وخرجنا، قال لي سفير بلدي الذي جاء خصيصًا للاستماع إليّ، بعد أن أخذني جانبًا:

- هل أنت مجنون لتقول ما قلت، بحضور روائيين رائعين.

أوضحتُ له أنني لم أقصد إهانة أحد، بل إهانة الفيضان الرّوائي الذي بات يُغرقنا، فهمس لي بغضب شديد: أين تعيش؟! في جُحْر؟!

الحقيقة لم أتوقّع ذلك الهجوم من ممثل بلدي الذي عليه أن يوفِّر لي الحماية، كمواطن، والذي شعرتُ أنه كان يمكن أن يسجنني لو امتلكتِ السفارةُ سجنًا مُلحقًا بها.

كان من نتائج المحاضرة أن تناسى وعْدَه لي بأن يأخذني في جولة بالسيارة الرّسمية، لأشاهد معالم تلك العاصمة، فقد ابتعد عنّي حتى دون أن يصافحني، وبذلك عرفتُ أن دعوة العشاء التي وجَّهها لي قد أُلغيتْ أيضًا.

34

في رحلة العودة، فكرتُ كثيرًا في غضب السّفير، وتوقّعتُ كلَّ شيء، تقريرًا بآرائي المتطرّفة حول الرّواية والرّوائيين، وفقرات طويلة عن إساءتي للعلاقة المتينة بين البلدين، وتوصية بعدم السّماح لي بالسفر، ولكنني حين وصلت المطار كان كلّ شيء على ما يرام، بل فوجئتُ برجُل الأمن يبتسم لي، ويقول برقّة: "الحمد لله على السّلامة!"

كانت أختي ومعها أمّي تنتظران في المطار. استقبالهما كان حارًّا جدًّا في ذلك اليوم الماطر البارد، فقد كان سفري إلى ذلك البلد أطول رحلاتي في العالم، لأنها الرحلة الأولى!

– أنا متأكّدة من أن كتّاب وكاتبات ذلك البلد، والمواطنين فيه، يحسدونني لأنك أخي! أرجو أن يكونوا قد فهموا مستوى إبداعك فوسَموك، وجلجلوك؟

– يا أختي يا حبيبتي، وسموني يعني قاموا بكيي بالنار، وتركوا علامة على لحمي، وليس أعطوني وسامًا! وجلجلوني تعني أنهم أرعدوا في وجهي وصرخوا، وليس أجلّوني، أي قدّروني واحترموني وحفظوا مقامي!

– لكنك فهمت عليّ، أليس كذلك؟

– طبعًا.

– أين المشكلة إذن؟!

– لا توجد مشكلة، أتعرفين لماذا؟

– لماذا.

– لأن لكل إنسان الحقّ في أن يختار الكوكب الذي يريده سكَنًا له.

– لم أفهم ما تعنيه.

– هذه ليست مشكلة، أتعرفين لماذا؟

– لماذا؟

– لأنّ لكلّ إنسان الحقّ في أن لا يَفهم!

الشيء الذي لا بدَّ من الاعتراف به، إنصافًا، لأختي، أنها كانت تتعمّد، في ظنّي، ارتكاب الأخطاء اللغوية، بعد أن كبرت، وذلك لسبب واحد؛ هو مواصلة لفت انتباهي، لأنها لم تكن تريد أن تجد نفسها خارج دائرة هذا الاهتمام، وبخاصة بعد أن أصبحتُ كاتبًا!

في أكثر من حوار منفرد، سرَّبت إليّ خيبة أملها لأنها لم تستطع أن تكون بطلة فيلم، "ولكن، وبما أن الوقت لم يفُت، فلعلي أكون بطلة قصة مثلًا".

لا أبالغ إذا قلت، إن معرفة أختي لكثير من النماذج الإنسانية، كونها مديرة مدرسة ناجحة، ساعدتْها على اكتشاف تلك "المتعة السريّة الغاضبة" التي تعصف بي، كلما انتفضتُ محتجًّا على أخطائها، ولذا باتت تكرّرها.

صارحتُها بذلك ذات ليلة، وكم فاجأني أنها بكت طويلًا، إلى درجة خِلتُ معها أنها لن تتوقّف عن البكاء قبل أن تتلاشى، ولا يبقى منها أمامي غير دمعة واحدة على الكرسي.

اعتذرتُ لها، اعتذرتُ لها كثيرًا، وقبَّلتُ رأسها الذي أصبح دمعة كبيرة في تلك اللحظة، وشدَدْتُ على يدها أواسيها بفقدان فهْم وتفهُّم أخيها (العزيز) لها، فأحسستُ بيدي قابضة على حفنة من الدموع!

٭٭٭

في ظنّي، أن أختيّ التي كانت تعوم في بحر أخطائها اللغوية، وبانفعالي بتلك الأخطاء التي لم تُثر دهشة أو غضب أو استغراب أحد من العائلة، سواي، بقيت تحنّ إلى تلك الأخطاء كما تحنّ إلى طفولتها

نفسها، وهذا ما يفسِّر لي فرحها الشديد، حينما عادت ذات يوم إلى بيت العائلة، لتراني، قبل الذهاب إلى بيتها لرؤية أولادها وزوجها!

يومها وقفتْ أمامي بوجه محمرٍّ ممتلئ انفعالًا وغبطة، لاهثة، وهي تقول لي: لن تصدّق أيّ كنز ذلك الذي عثرتُ عليه اليوم في المدرسة! لن تصدّق! طالبة تشبهني تمامًا، وأنا طفلة، أرسلَتْها إليَّ مربيةُ صفّها الغاضبة، أو لنقل طردتها أثناء الدّرس!

سألتُ الصغيرة عن سبب وجودها، فأخبرتْني أن المعلمة لا تفهم عليها! فقلتُ لها إنني كنت أعتقد أن الطالبات هنَّ من لا يفهمنَ كلام المعلمات.

- "هذا كان في الأيام الــمُغبرَّة". أجابتني.

- "نحن نقول الأيام الغابرة، وليس المغبّرة"، صحّحتُها.

- ولكنك فهِمْتِ عليّ، صحيح؟! لا توجد مشكلة إذن، بينما المعلمة لا تفهم عليّ حتى وإن قلت لها: إن أظلَّتنا لا تتعبُ من مجالقتنا.

- تقصدين أن ظلالنا لا تتعب من ملاحقتنا، أليس كذلك؟

- صحيح، ها أنت قد فهمت عليّ، وليس مثلها، فأين المشكلة؟!

- هل تعرف بماذا أجبتها؟

- بالتأكيد لا.

- استعنتُ بقولٍ لك أحبيته منذ أن سمعته منك أول مرة: "لكلِّ إنسان الحقّ في أن يعبِّر عن نفسه كما يريد، ما دام يتعامل مع أناس لا يجدون صعوبة في فهم كلامه". أتعرف يا أخي العزيز، أنت إنسان ديموقراطي فعلًا، حتى لو لم تُدرك ذلك!

وصمتت قليلًا قبل أن تسألني:

- ما رأيك أن تزور المدرسة لتحظو بلقائها؟

- نقول (لتحظى) وليس لتحظو!

- ولكنك فهمتَ علي، أليس كذلك؟ أين المشكلة؟!

صورة أختي في مرآتها:

- مقاس حذائها 43، ماركة باتا.
- فتحتا بنطالها عريضتان، شارلستون.
- يضيق بنطالها ابتداء من الرُّكبتين.
- لونه أخضر مموّج.
- قصيرة، تنتهي صورتها عند الثلث الأول من فخذيها.

لا أستطيع مواصلة وصفها، لأن آخر مرة زرتُ فيها بيتها، وأوصلتْني إلى الباب مودِّعة، بسبب انهماك زوجها في رعاية الأولاد، كانت مرآتها موضوعة على الأرض.

تحدَّثتُ عنها كثيرًا، أعني أختي، ولعل بعضكم يسأل: أليس هناك من إخوة غيرها في العائلة، يستحقّون الحديث عنهم ولو قليلًا؟! المشكلة الكبيرة دائمًا، أن بعض الإخوة لا يمتلكون روحًا رياضية، أو حسًّا فكاهيًّا، أو يحتملون ملاطفةً بريئة، بحيث يبتسمون لو حدث وأن داعبتهم، خيالًا، في نصٍّ أدبي، المشكلة أن هناك من سيقاطعك، منهم، إلى الأبد.

أعترف أنني أخاف من هؤلاء أكثر مما أخاف من الدولة.

لكنني سأغامر بالحديث هنا عن أخي الأوسط، لأنني تحدّثت معه مباشرة في الموضوع الذي أقلقه دائمًا، وزرع فيه حسًّا بالغُبن، وإن لم أصل معه إلى مستوى متقدِّم من البوح.

أخي هذا، كان ناقمًا على كل من هو أكبر منه؛ ذاك الأمر يشملني بالتأكيد، فقد لاحظ، ما لم نلاحظه، وهو أن كلَّ من أنجبتهم أمّي قبْله كانوا أطول منه، وفي ليلة بلغ فيها سخطه عنان السماء، كما يُقال، باح لي، أن كل من أنجبتهم أمي قبله كانوا أوسَم منه أيضًا.

للحق، لم أرَ ذلك، فقد كان وسيما. حاولت إقناعه، اهترأ لساني، اقتنع، وبعد صمت قال لي: وما الذي أفعله بوسامتي إن كنتُ أقصر منك بخمسة سنتيمترات؟!

لم اقترح عليه حذاء بكعب عالٍ، يحلِّ مشكلته بالتأكيد، حذاء بهذا الارتفاع لن يلاحظه أحد. لكنه أصرّ، ما لم يمنحني إياه ربي فلن

ينفعني فيه كعبي!

أمسكتُه من لسانه الذي باح بهذا الاعتراف وقلت له، هل رأيت؟ ها أنت تقول بعظمة لسانك أنّ الطَّول من عند الله، وأمّك ليست هي السبب.

صمتَ دقيقتين، خلتُ خلالهما أنه اقتنع، ولكن ما تبين لي أنه كان يفكّر، وهذا أمر مدهش أكثر! ثم بكى: "كان على أمّك أن تستريح قليلًا، عامًا، عامين، قبل أن تفكر في إنجابي، أمرٌ كهذا، كان سيهيّئ رحمِها لتكون أكثر خصبًا، مثلما يحدث مع الأرض التي تخصِب بعد أن ترتاح في بعض المواسم".

- لكنها لم تكن تعرف أنكَ القادم، لو عرفت، أنا على يقين من أنها كانت ستريح رحمها خمسة أعوام، فأنت تعرف كم تحبك.

- هذا كلام يمكن أن تقوله لغيري، سأصدّقه، فقط، إذا تراجعت أمّكَ عن الخطأ الكبير الذي ارتكبتْه بحقي!

***

قد يظن البعض أنني كنت أُغرق نفسي في نقاش عقيم، رغم أنني وإياه كنا نتحدّث عن الخصب والميلاد، لكنني في الحقيقة لم أكن أحسّ بذلك، لا لشيء، إلا لأنني كقاص، من الصعب أن أعثر على نموذج بهذه الغرابة، فما الذي يعنيه أن تتحدّث مع نموذج لا جديد فيه ولا طرافة؟ نموذج سيفسد قصّتك حيثما وضعتُه فيها، لذا، كان أخي هذا، مصدرًا جيدًا للإلهام، مرّة بحكايته الشخصية، ومرة بما توحي لي به هذه الحكاية من أفكار.

***

منذ أن تزوج لم يعد يزور أمّي، اعتبر أن زواجه هو لحظة

41

الانفصال التامّ عنها، وقد تحدّثنا في الأمر مرارًا، وأخبرني أنه لو كان يملك القدرة على تنفيذ قرار الانفصال عنها، في اللحظة التي أدرك فيها مأزق وجوده الطُّوليّ، أو طوله الوجوديّ، لانفصل عنها دون تردّد.

بالطبع، كأخ يفوقه عمرًا، وطولًا، كنت أعمل على إيجاد وسائل كثيرة، لأعيده إلى أمّي من جديد. هو الذي لم يعرف أنها كانت تعتبره الأغلى منذ غاب، عَمَلًا بتلك القاعدة التي لم تسمع بها: أيّ أبنائك أحبّ إليكِ؟ وكان الجواب دائمًا، منذ أمّنا حواء، ربها: "الصغير حتى يكبر، والمريض حتى يشفى، والغائب حتى يعود".

وللحقّ، كنت بحاجة لعلاقة جيدة معه، إذ كنت حزينًا مثله، رغم أنه لم يدرك هذا. كل ما في الأمر أنني أفوقه طولا بخمسة سنتيمترات لا غير، في وقت لا أحسّ فيه بأي نقمة على إخوتي وأخواتي الذين يفوقونني طولًا.

كانت علاقته متينة مع كل مَن هم أصغر منه، ولأنني كنت شبه منسي بين من هم أكبر منّي، وغير محسوب على من هم أصغر منّي، حاولت دائما التقرّب منه، كجسر وصْلٍ، لعلهم يسمحون لي بالانضمام إلى نادي الإخوة والأخوات الأصغر عمرًا، وللأسف، الأقل طولًا.

سأعترف هنا -ولعله يقرأ هذا الاعتراف، فيسامحني لأنني تحدثتُ عنه- أنني كنت أحني قامتي متعمِّدًا، كلّما التقيته، وكان ذلك يؤلمني، لأنني كنت مضطرًّا أن أحنيها وأنا واقف، وأنا جالس، ولا أبالغ إن قلت وأنا نائم، لم أكن أريد أن أجرح شعوره بشيء ليست لي يد فيه، بسبب خمسة سنتيمترات لا تُعْلي ولا تُخفِض.

في لحظات كثيرة فكَّرتُ أن أعرض عليه أن نجري عملية جراحية، مثل عمليات القرْنية والقلب والكِلى، يقوم فيها الأطباء بقص قطعتين من ساقَيّ، وزرعها في ساقيه؛ ما يعادل 2.5 من السنتيمترات، من كل واحدة، لنتساوى في الطول، فلعلنا نستريح من هذا الحديث المزعج، بل كنت مستعدًا لمنحه الستيمترات الخمسة كلها، على أن يرضى.

ذات يوم بُحتُ له بذلك، فبكى طويلًا، لدرجة أخافتني؛ لم أعرف هل يبكي فرحًا؛ لأنني وجدت له الحلَّ، أم يبكي لأنه يعرف أن عملية كهذه مستحيلة، أم يبكي لأنني فاجأته بحبٍّ أخويٍّ له، يفوق حبي لطولي.

لم أعرف إجابة هذا السؤال الطويل المكون من عدة أسئلة، لكن أفضل ما حدث أنه لم يعد يتحدّث معي في مسألة الطول هذه؛ بات حديثه يتركز حول الوسامة، وللحق فإن هذا أراحني، لأننا تخلّصنا من نصف المشكلة، وإن بقينا نعاني من نصفها الآخر طويلًا، إلى أن أحبّته فتاة جميلة حقًّا، أجمل من أخواتي، وأجمل من زوجتَيّ أخويّ الآخرين، مجتمعتين، وبات بذلك متفوقًا علينا جميعًا، وبخاصة عليّ، لأنني لم أحظ بتلك الزميلة الجميلة التي حلمتُ بها ذات يوم، لكنه للأسف، لم يسامح أمّي.

رغم أن باستطاعتي قراءة كتاب كلّ يومٍ، أثناء وجودي في مقرّ عملي، إلا أنني لم أكن أفعل ذلك، لأنني كنتُ أحسُّ أن هذا شكل من أشكال الفساد المُعبَّر عنه بالاختلاس، وأعني هنا اختلاس الوقت، وهذه مسألة لا يُدرجها المُشرِّعون تحت قانون العقوبات.

غريب..!

لأن سرقةَ الوقت سرقةٌ للمال في الحقيقة، المال الذي يهدره من سَرَق الوقت، ولذا فهو في النهاية سارق، يقف على شبّاك الشركة التي يعمل فيها، وكلّ ما يفعله هو إلقاء المال الذي كان عليه أن يجنيه لشركته، في الهواء، ولكن للأسف، لا يصل هذا المال إلى الشارع فيفيدُ منه أحد. أما في المؤسسات الرّسمية فتجد أمثال هذا يتثاءبون وهم يختلسون أعمار الناس، وأعصابهم، وما كان يمكن أن يجنيه الناس لو لم يضيّعوا أوقاتهم.

سارق الوقت هذا، يستحقّ أن تضعه الحكومة في زنزانة لتقتطع من عمره الزمن الذي اختلسه من الآخرين، وبذلك تعامله بالمِثل.

قد يقول لي أحدكم إنني أُضيّع عمري بعدم استغلال وقت كان سيضيع على أيّ حال، وسأجيب: إنني أقبض مالًا مقابل هذا العمر الذي أضيّعه.

باختصار، كل موظف يذهب إلى عمل ما، يتلقّى مبلغًا مقابل عمره الذي منحه للشركة في نهاية كلّ شهر.

لا أريد أن أخرج بنتيجة أن كلَّ من يمنحنا راتبًا مقابل ما نؤديه خلال وظيفتنا من عمل، هو ظالم لأن العمر لا يُقدَّر بثمن؛ لا، لن أقول ذلك، لأن قبولنا بهذه المعادلة هو وحده الذي يجعلنا ننتمي إلى فئة القادرين على العطاء، بغض النّظر عن الثمن، أو المكافأة التي نحصل عليها.

بالنسبة إليّ، قررتُ ألّا أستغل وظيفتي لاختلاس الوقت، لأنني تعاملتُ مع نفسي كجندي على جبهة هادئة؛ إنه يمضي نهارَه في الخندق، لياليه، أسابيعه وشهوره وسِنيَّهُ، جاهزًا للحظة التي يبدأ فيها إطلاق النار، وأنا كذلك، أنتظر اللحظة التي سيرنّ فيها الهاتف!

لا أعرف إن كنتُ قد شرحتُ جيدًا أفكاري، مع أنني بصراحة أجد أن لكل إنسان الحقَّ في أن لا يشرح أفكاره بشكل جيد، فقضية كهذه لها زوايا وأضلاع كثيرة بحيث يمكن أن تكون مربعًا بخمس زوايا، أي أنه مربع مستحيل! ولكن من قال إنه لا يملك الحقّ في أن يكون مستحيلًا!

قصة محذوفة

.. وما دمتُ أكتبُ هذا النصَّ في زمن كورونا، الزمن الذي لا يعرف فيه الإنسان إن كان سيعيش أم لا ، فإن عليّ أن أعترف أنني بدأت حياتي قاصًّا دائريًّا، أو شبه دائريّ.

كلَّ بداية لها هفواتها، وهذا أمرٌ طبيعيّ في حياة أيّ إنسان، فما بالكم إذا كان هذا الإنسان كاتبًا! إن الكتابات الأولى لا تختلف أبدًا عن خطوات الطفل الأولى وما فيها من تعثُّر.

في نهايات المرحلة الثانوية، كان لديّ أستاذٌ لطيفٌ، حين قرأ مواضيع الإنشاء، أو التّعبير، التي أكتبها، وكانت للحقّ ذات موضوعات خياليّة، نصحني بأن أكتب عمّا أعيشه، أكابده (هذه هي الكلمة التي استخدمها)، بدل التهويم في عوالم لا تمتُّ للتراب، ومن خُلِقوا منه، بِصِلَة!

صدّقته، بخاصة أنه كان يحضِّر نفسه للسّفر إلى دولة أوروبية لنَيْل درجة الدكتوراه في الآداب، لن أذكر اسمه هنا، لأنه بات معروفًا، ولكنه واصل ارتكاب الحماقات التي أصرَّ عليها منذ ذلك الزمان!

سأشير هنا إلى شيء طريف في شخصيته، فقد كانت لديه شامة كبيرة تفترش نصف خدّه الأيمن، رهيبة! كما لو أنها واحدة من صفعات القدَر! وهذا شيء يمكن أن يحدث، لكن الغريب في الأمر أن اعتقادًا راسخًا كان لديه، وهو أن لا أحدَ يراها! لا نحن طلابه، ولا أهله، ولا كلّ ذي عينين في أي مكان وزمان!

بعد سنوات سألتقي به في الشارع، ولن تكون الشّامة هناك، اختفتْ، فتجرّأتُ وسألتُه عنها، فقال إنه أجرى عملية جراحية، حيث أكمل تعليمه، وتمكّنوا من إزالتها؛ فسألته سؤالًا، بمنتهى البراءة، قبل أن أنتبه للؤم الذي فيه، أيّ السؤال: ولكن كيف استطاع الطبيب الذي أجرى لكَ العملية أن يرى الشّامة؟

هنا صمتَ أستاذي القديم، وقال لي: سؤالك جيد فعلًا، أتعرف أنني لم أفكر في هذا من قَبْل؟!

عن الشّامة كتبتُ قصّة، لعلها، في لا وعيي، الرّد على موقفه من قصّتي الأولى، التي سأواصل الحديث عنها هنا:

بعد أسبوع من قيامي بالتّخلّي عن الخيال، وعن أي شيء لم أعرفه ولم أجرّبْه ولم أعشْه، بناء على نصيحته، عانينا في البيت من حادثة حقيقية، لها علاقة بانقطاع الماء، وللحقّ، كانت تجربة غريبة، غامرتُ وكتبتُها بعد أن أدخلتُ عليها خيالًا واقعيًّا، إن جاز التعبير؛ بأن جعلتُ بطلها متزوِّجًا، في وقت كنت فيه، ولم أزل، عازبًا.

بالمناسبة، مهما كانت الحقيقة حقيقية، لا بدّ أن يعتريها شيء من الخيال، وإن لم يَحدُث، وهذا أمرٌ مستحيل، فإن اللغة التي نكتبها بها هي خيال؛ أولًا: لو كتبها مائة كاتب، لجاءت تشبه اللغة الخاصة بكل واحد منهم، رغم أن لغتهم الأم واحدة، وثانيًا: لأن الحقيقة لم تحدث بتلك اللغة، حدثت بلغة ثانية؛ فمثلًا، اصطدام سيارتين حدث حقيقيّ، مفرداته معدن السيارة، زجاج مصابيحها، الحاجز، السيارة الأخرى أو الجدار، أو أي شيء آخر ارتطمت به، لكن الاصطدام في الكتابة يكون بالكلمات!

لا أريد أن أواصل فأتحدّث عن القُبْلة، تحليق طائر، موجة البحر

التي تضرب الشاطئ، سقوط نيزك، غروب شمس أو شروقها، الوقوع في الحب، وما إلى ذلك.

بعد يومين من العمل على تدقيق القصّة وتأمّلها، قررتُ أن آخذ رأي أستاذي فيها، فاعترضتُ طريقه بشجاعة، وناولتُه إياها، دون أن أنتبه إلى أنْ لا وعيي الغاضب منه، ربما، تسلّل إليها وتسبب في مشكلة لم تخطر ببالي مع الدكتور المستقبليّ، حين جعلت الناس في القصة يخاطبون البطل: دكتور!

باختصار، وكما تقول أمّي وأمهاتكم بعد تجربة مُرعبة: الله لا يوريكم إللي شُفْته!

في ذلك اليوم، بعد ردّات فعْله، ولا أقول ردّة فعْله، فقد تصرف كالزلازل وارتداداتها، ولعله تصرّف كالارتدادات وزلزالها! في ذلك اليوم، قررتُ العودة إلى الخيال في الكتابة. أما تلك القصة التي عنوانها "البِزّ"، فسأُدرجها هنا حتى لا أواصل إثارة فضولكم، كما فعلتُ مع قصة "المربع".

قصّة البزّ

ضحكَ كثيرًا، حين أجبتُ على سؤاله: "كيف كان يومك؟"
ضحكَ، أكثر مما رأيته يضحكُ من قبل.

أجبته: أمضيتُ اليوم وأنا أرفع "بزًّا" وأضع "بزًّا"، وباحثًا عن
"بزّ"!

هو يعرف أنني لستُ من أولئك الذين يمكن أن يتحدّثوا في أمر
مكشوف إلى هذا الحدّ، حتى معه. كما أنني لا أذكر أبدًا أنني وصلتُ
إلى هذا المستوى الفاضح مع أيّ شخص آخر!

حين التقطَ أنفاسه، ومسح دموعه المُنسابة من ضحكاته
العالية، سألني: شو القصة؟!

***

كان العرق يتصبّب منّي، حين دخلتُ مخزن بائع أدوات المياه
الصحيّة، والمضخّات، أمس. كنت ابتعتُ أشياء منه في الماضي، ولم
يخطر ببالي أحد غيره حين قررتُ الذهاب في تلك الظهيرة للبحث عن
مضخّة تستطيع إيصال ماء خزان القبو إلى سطح الدُّور الرّابع.

وحين أفكر: لماذا ذهبت إلى هذا المكان في تلك الظهيرة وهناك
أماكن أخرى أقرب إلى منزلي؟ أصل إلى نتيجة هي أنني ذهبتُ إليه
بالذات لأن صاحب المخزن شابٌّ لطيفٌ لا يكفُّ عن الابتسام. ومن

القلائل القادرين على إصابتكَ بعدوى الفرح.

- أهلًا دكتور، رحَّبَ بي!

شدَّةُ حرارة الطقس في الخارج، لم تسمح لي بأن أصحّح: لستُ دكتورًا!

- أؤمرني؟

- لا يأمُر عليك ظالم! أريد مضخة ماء. أنتَ تذكر أني اشتريتُ منك قبل أشهر مضخّة، قوتها نصف طُن!

صحَّحني: نصف حصان!

- أجل، نصف حصان!

- هل أصابها شيء، إنها مكفولة لمّدة عامين. إيطالية. تعرف ذلك، ولا يمكن أن أغشّك!

- بالطبع، ولهذا جئت إليك، أريد مضخّة أقوى.

- حصان؟ طلبك موجود، لدي مضخّة إيطالية، كالتي اشتريتها، ثمنها 125 دينارًا، ولكن لك بـ 120، ولديّ مضخة إسبانية، أنصحك بها بـ 75 دينارًا، ولك بـ 70.

كنتُ لمحتُ، فور دخولي رجلا بشاربين أبيضين يجلسُ خلف الكاونتر، يبدو كضيف، كان يتابع حوارنا، لكنه لم يتدخّل، وحين دفعتُ ثمن المضخّة الإسبانية، رفع صاحب الشاربين رأسه ونظر نحوي، وسألني: "كم قُطر الأنبوب الخارج من المضخة؟" وكان يبتسم، فقلت في نفسي: المبتسمون يرافقون المبتسِمين!

حاولتُ أن أجيب، فأدرك أن سؤاله أكبر بكثير من خبراتي في مجال التمديدات الصحِّية.

نهض من وراء الكاونتر، وتجاوزني، فتبعتُه إلى الخارج، انحنى قليلا، وأشار إلى أنبوبين بلاستيكيين، وسألني: "المضخة موصولة

بأنبوب مثل هذا الصغير؟ أم مثل هذا الكبير؟"

- "الصغير"، أجبتُ، دون أن أكون متأكدًا، ثم أضفتُ: "بل لعله الكبير".

- إذا كانت موصولة بالأنبوب الصغير فلن تنفعك أي مضخة حتى لو كانت بقوة قطيع خيول!

- ربما هي موصولة بالكبير!

- في هذه الحالة تكون مضخّتك ضعيفة فعلا، ويلزمكَ حصان، ولكن قبل هذا كلّه يلزمك "بزّ" غيرذاك الموجود لديك!

التفتُّ حولي باحئًا عن ابتسامة لئيمة على وجوه الموجودين في المحلّ، لم أرها! كان كلّ من هناك مُنشغلين بما في أيديهم، الزبائن وصاحب المخزن. في الوقت الذي عاد صاحب الشاربين الأبيضين والابتسامة الواسعة إلى الداخل، وهو يقول، موجِّهًا كلامه لصاحب المخزن: "عليك أن تعطيه بزًّا كبيرًا!" وقبل أن يجيب صاحب المخزن (الشاب ذو الابتسامة الدّائمة)، راح صاحب الشاربين يبحث في الأدراج، يرفع "بزًّا" ويحدِّق فيه بإمعان، وهو يوجهه نحو الضوء القادم من الباب، ويعيده، ويغلق الدُّرْج باحئًا في درج آخر عن بزّ آخر!

في النهاية، التفتَ إليَّ بحزن، وقال: "للأسف دكتور، البزّ المطلوب غير متوافر! يمكن أن تجد لدى جيراننا بزًّا يخدمكَ فعلا، ويريحكَ!"

أفضل ما حدث أنني عرفتُ ما الذي يعنيه فعلا بكلمة "بزّ".

حين خرجتُ حذّرني: إذا لم يكن لديك "بزٌّ" كبير ستحرقُ الحصان؛ إذ سيندفع الماء بقوة كبيرة في وقت لن يكون لديك فيه البزّ الذي يستوعب اندفاعًا كهذا!

خرجتُ حاملًا الحصان، وباحئًا عمّا ينقصه؛ لكنني لم أجرؤ

على دخول المخازن المجاورة، أو حتى البعيدة، تخيّلتُ أصحاب المخازن يسألونني: "شو طلبك دكتور؟"

فأردّ: "بزّ!"

- طلبكَ موجود، ولكن من أيّ حجم؟!

فأتلعثم ويزداد تصبّب عرَقي أكثر، حين يرفع السؤال حرارة الجوِّ وحرارتي عشرين درجة!

قلت، لن أفعل هذا، حتى لو ماتتِ العائلةُ عطشًا.

***

خبراتي كانت متعدِّدة، بحيث يمكن أن أُقصِّر بنطالا، أو أُصلح مفتاح كهرباء، أو حتى جلاية، كما حدث ذات مرّة، حين أصاب العطب القطعة الممسكة بالفَراشة، وبحثنا عنها في كل مكان دون أن نجدها؛ فالجلاية كانت قديمة فعلا، فانتهى الأمر بيَ إلى صناعة قطعة مثلها تمامًا من غطاء علبة دهانات بلاستيكية. وقد أثبتت تلك القطعة قدرة على الصمود كبيرة، حتى أن سبب استبدالنا للجلاية لم يكن خللا في القطعة، بل بسبب الصدأ الغزير الذي بدأ يتساقط من كل جوانب الجلاية الهرمة، وكان من الصعب عليّ إصلاح مسبباته أبدًا.

حين وصلتُ البيتَ حاملا المضخة الجديدة التي تكاد تصهل بين يديّ! أدركتُ أنني ابتعدتُ أكثر مما يجب عن عوالم فني التمديدات وسواهم من أصحاب الحِرَف، وأصابني شكّ عميق في ثقافتي العملية التي انحدرتُ إلى هذا الحدّ.

همستُ لنفسي في طريق العودة: أيكون البزّ سبب عطشنا؟!

وصلتُ..

كانت المضخّة القديمة تعمل دون كل لدفع المياه عاليًا إلى

سطح الدّور الرّابع منذ يومين، لكن النتيجة كانت مخيبة للآمال، إذ إن ارتفاع المياه في الخزان لم يتجاوز عشرين سنتيمترًا!

تركتُ المضخة الجديدة في الشقة، وصعدتُ إلى السطح. حاولتُ أن أستمع إلى تدفّق المياه داخل الخزان، أنصتُّ، لكن دون جدوى، كان الصمت شاملا، صمتٌ لم يستطع سيل أصوات محرّكات العربات واصطكاك عجلاتها بالأسفلتِ في اتجاهَيْ أوتوستراد المدينة الرياضيّة، أكثر شوارع عمان اكتظاظا (في حينه) أن تدحر ذلك الصمت.

لسبب ما، أدركتُ أن الأقدار تقودني في اتجاه البزّ من جديد!

فكرتُ في الحارس المصريّ الذي أثبتَ أنه لا يقلّ خبرة عني في تصليح الأشياء، قلتُ: "أناديه ليكتشف أصل المشكلة"، لكني عدلتُ عن ذلك، خائفًا أن يُفتح موضوع البزّ ثانية فوق سطح البناية، فيسمعه أحد، وبخاصة، جاري في الدّور الأرضي، الذي دائم الحركة، الذي يَمضي فجرًا للصلاة بدشداشة بيضاء من غير سوء، ويُمضي بقية اليوم في تسويد حياة سكان البناية كلِّهم!

فكّرتُ بصاحب الشاربين الأبيضين؛ إنه بالتأكيد فنّي تمديدات، إذ بدا لي رجلا نزيهًا فعلا، قدّم لي خدمة لن أنساها، دون أن يوحي بأنه يريد أيَّ مقابل، أو أنه يُسوّق نفسه لأطلب منه حلَّ المشكلة من أصلها! لكنني أيضًا عدلتُ عن ذلك، إذ خشيتُ أن يصيح ما إن يلمسَ البزّ الذي لديّ: أرأيتَ، قلتُ لكَ، البزّ هو المشكلة! فتسمعه الحارة كلُّها!

أمسكتُ بالسُّلَّم وثبتّه على حافة خزان مياهي العالي: مهمَّة شاقة، تحتاج إلى توازن شديد، فارتفاع باب الخزان عن الأرض يقارب أربعة أمتار.

بمجرد أن فتحتُ باب الخزان، أدركتُ أن المشكلة قد تكون موجودة فعلا في البزّ، لكن الوصول إليه كان صعبًا.

.. وعاد شكّي يتكثّف من جديد في نصف الحصان الذي لديّ، باعتباره السبب الأول للمشكلة.

نزلتُ وأطفأتُ المضخّة، وطلبتُ من زوجتي أن تضع هاتفها النقّال بجانبها، إذ سأطلب منها أن تُشعِل المضخّة بعد قليل، وحملتُ مفتاح جرّة الغاز ومفتاحًا إنجليزيًا قديمًا وكماشة، وتوجّهتُ إلى الباب؟

سألتْني: "شو المشكلة؟"

- المياه لا تصل الخزّان.

- اتصلْ بأولئك الذي نتصلُ بهم دائمًا، لكي يأتوا ويُركّبوا المضخّة الجديدة مكان القديمة.

- ولكن المسألة قد تكون أعوص!

- ما الذي يمكن أن يكون أعوص بعد أن اشتريتَ مضخةً ودفعتَ ثمنها سبعين دينارًا؟!

- قد تكون المشكلة في "البزّ"، وليس في المضخّة!

- في ماذا؟! سألتُ وهي تتراجع للوراء ثلاث خطوات بسرعة، كما لو أن إجابتي عاصفة.

- "البزّ!" قلتُ ذلك، وخرجتُ.

***

ثلاثة أرباع السّاعة أمضيها في محاولة مستميتة لفكّ عوامة الخزان، ثلاثة أرباع الساعة أثبتتْ أن قدراتي لم تزل متواضعة في كثير من المجالات! تصبب العرق عابرًا عينَي، فكل شيء حسبتُ حسابه حين استبدلتُ ملابسي باستثناء وضع عدد من المناديل

الورقيّة في جيبي، في الوقت الذي راحت فيه الحوافّ الحادّة الصِّدئة لباب الخزّان تحزّ ساعدَيّ بقوة.

نزلتُ ثانية..

كانت تلك فرصتي لالتقاط أنفاسي ومسح عرقي واستبدال قميصي (نصف الكُم)، بقميص طويل الكُم، والتفكير في الخطأ الذي لا بدّ أنني ارتكبته بحيث بقيتُ الصواميل تدور كمروحة في مكانها دون جدوى.

حين عدتُ إلى السّطح ثانية، أدخلتُ رأسي في الخزان، وبدأتُ العمل على تثبيت إحدى الصواميل بمفتاح، وفتح الأخرى بالثاني، بعد أن حررتُ العوامة من ذراعها ووضعتها فوق ظهر الخزّان، مُحاذِرًا أن تتدحرج إلى الأسفل؛ ثم أُتْبَعْتُ ذلك بتحرير ذراع العوّامة نفسهِ حين نجحتُ في سحب المسمار الذي يثبّته بقاعدة العوّامة. تحسستُ بخنصري البزّ، وقد أصبحتُ أعرف مكانه، فاصطدَم خنصري بفُتات حجارة حملتْها المياه من الأنابيب نحو الخزّان.

بعد محاولات كثيرة، نجحتُ في السيطرة على الأمر، وسحْبِ قاعدة العوامة إلى الخارج.

حين رفعتُها نحو الضوء، وأنا أمسح عرقي الذي يحرق عيني بكُمّ قميصي، تبين لي أن البزّ هو المشكلة فعلا، وتساءلتُ، لماذا لم يفكّروا من قبل في بزّ كبير يُريحنا من هذا الصعود المُرهِق المتواصل إلى السطوح؟

رأيتُ كيف أن المياه قد أحالتْ لونه إلى لون نُحاسيّ داكن؛ وكيف أغلق مجرى الحلمة -إذا كان من الملائم قوْل ذلك- فتاتُ حجارةٍ، بدا لي أنها رخاميّة.

اتصلتُ بزوجتي، وطلبتُ منها أن تُشغِّل المفتاح الكهربائي

للمضخّة، ففعلتُ، وما هي إلا لحظات حتى تحوّل نصف الحصان إلى حصان كامل! إذ تدفّقتْ المياه بقوة داخل الخزّان، بُنيَّةً كالقهوة الأمريكية في البداية، ثم صافية كنيَّتي في النهاية!

سألتْني: "شو صار؟" وقد كانت مُتحرِّقة أكثر مني بسبب تراكم الغسيل والصحون غير النظيفة.

فقلت: "البزّ هو السبب".

قالت: "شو؟"

- "البزّ هو السبب". كنت أقول ذلك شبه هامس.

- لم أسمعك!

- أنا نازل الآن، سأخبركِ فيما بعد.

***

في الطريق إلى أقرب مخزن لبيع أدوات التمديدات الصحيّة، كنتُ أكثر ثقة. امتدّت يدي نحو يد صاحب المخزن بالقطعة البلاستيكية الصغيرة التي تتحكّم بمرور الماء إلى الخزان، وإلى أفواهنا. وبجرأة قلتُ: أريد واحدةً مثل هذه!

- تريد بزًّا صغيرًا، لن ينفعك!

فأجبتُ، وقد بدا حلْقي أكثر جفافًا من صحراء، غير عابئ بكل مَن في المخزن: بل أريد بزًّا كبيرًا.. أكبر بزٍّ عندك!

***

في ذلك اليوم البعيد صرخ أستاذي الذي سيسافر لنَيْل درجة الدكتوراه:

- أهذه هي الواقعيّة التي طلبتُ منك اعتمادها منهجًا لكتابتك؟!

فأجبته:

- أقسم لكَ أن كلّ ما فيها من أحداث وقَعَ، وكما يقول زياد الرّحباني: بما أنه وقَعَ، فهو إذن واقعيّ!

لا أعرف لماذا يفرح الناس حينما يُقفِلون على أنفسهم الباب من الدّاخل، وقد لا يغادرون منازلهم إلا لأمسّ الحاجات، التي قد تصُغر أحيانًا فتكون بِزًّا، ولكنهم يغضبون إذا أقفل أحد عليهم الباب من الخارج.

غريب!

طبعًا سيقول البعض: "إن من يُقفلون الباب على أنفسهم يملكون الحرية في أن يخرجوا"، بصراحة لست مُقتنعًا بذلك تمامًا؛ من يمكن أن يُعرِّف، أو يفسر لي: حريّتهم في حبس أنفسهم؟!

كلما كنت أنجح في بيع "فيّلا"، أو بيع بيت محترم لشخص، كان يُفاجأ حين يسمع مني تلك الأمنية بالعامية: "إن شاء الله بتشوفوا الحرّية على وجه البيت"، هو الذي يتوقّع أن أقول له "مبارك، إن شاء الله تفرحوا فيه".

الزّوجة كانت ترى في أمنيتي دعوة إلى الله لأن يتخلّص زوجها منها ويتزوّج غيرها، في حين أن الرّجال عمومًا، أراهم أقلّ انزعاجًا، وإن لم يكونوا مطمئنّين لنواياي.

ذاتَ مرّة وقعتُ في مشكلة كبيرة، أو كدتُ، لأنني تمنيتُ ذلك لرجل اشترى بواسطة مكتبنا بيتًا جميلًا بحديقة واسعة، في منطقة من تلك المناطق التي نطلق عليها صفة "راقية"، وإذا به ينفجر في وجهي صارخًا: "وهل أحتاج لبيت بائس لكي أُحسّ بالحرية وفوق رأسي

سماء هذا الوطن؟!" حاولتُ أن أقول شيئًا أمام هجوم لا يمكنني صدّه، حتى لو كنتُ دبابة، لكن صاحب المكتب تدخّل في مهمّة سلام سريعة، أعطتْ نتائج باهرة، إذ عَمِل، أولا، على فضْل القوّات، بأن طلب مني مغادرة المكان، وبعد أن تأكّد من أنني أصبحتُ في الشارع، سوّى الأمر على طريقته، وإن بقيتُ أسمع بين حين وحين كلمات تتطاير في الهواء كالرّصاص الأخير في نهايات معركة دامية.

∗∗∗

للحقّ، كنت أستلطفُ مديري إلى حدٍّ كبير، مع أنني تحفّظتُ دائمًا على خواتمه الذّهبية الثمانية شديدة السّطوع. إلا أنه رغم كونه رجلا مُخَوّثًا كان ضحوكًا ومربوعًا، ومتفائلًا بالحياة أكثر منّي، وأظنّ أن مثل هؤلاء البشر مهمّون جدًّا لنا، فلو كانوا متشائمين لضاعف تشاؤمهم تشاؤمنا، وبات العالم لا يُطاق.

مرّة، في لحظة صفو ضَحِكَ فيها كثيرًا بعد نكتة رواها لي، سألتُه:

- ولكن، لماذا يا معلّم حرمتَ إصبعين من أصابعك من الخواتم.

- هل لاحظتَ أي إصبعين هما؟

- بالطبع، الوسطيين!

- هذان تركتهما عاريين لسبب قد لا تستطيع توقّعه، وهو أنني بين حين وآخر أُشْهِرهما في وجه ذلك الماضي الصّعب الذي عشته، وخلّفتُه ورائي.

- كنت أعتقد أنكَ عشت حياتك كلّها مُرفَّهًا.

- هذا صحيح! فقد عشتُ رفاهية لم يتمتّع بها أيٌّ من أصدقائي في ذلك الزمان، رفاهية أنني الوحيد من بينهم الذي كان يملكُ حلمًا! أعجبني.

64

- وأنتَ؟ سألني.

- أنا، ماذا؟

- كيف عشتَ حياتك؟

- منذ اليوم الأول الذي ولدتْني فيه أمّي صرتُ عدّاءً، أركضُ، في الصَّحو أركض، وفي الحلم أركض، وفي الكابوس بالطبع. أمّي تردّد دائما: غريب هو الإنسان لا الواقع يكفيه، ولا الحلم يرويه!

- لن تقول لي إنكَ تعبتَ؟!

- لن أستطيع أن أجيبكَ بصدْق قبل أن أتوقّف!

- ومتى ستتوقّف؟

- أكيد، عندما ينتهي الرّكض.

- ومتى ينتهي؟

- حينها لا يكون هناك صحو، حينها لا يكون هناك نوم.

❅❅❅

بعد أن سلّم المفتاح لصاحب البناية الجديد، ليُغلق على نفسه في الداخل، هبط مديري الدرجات القليلة أمام الباب، وقال لي: أرجو أن لا تكون استأتَ من صراخه، فأجبتُه بصدق:

- لا، لأنني أظن أن لكل إنسان الحقّ في أن لا يفهمك بصورة جيدة.

لكن ما حدث أصبح مخيفًا، بأثر رجعي، بعد أن تبيّن لي أن الشّاري ضابط كبير في الاستخبارات. صحيح أن التجربة لم تكن مُضرّة، بل لولاها، ولولا ما سبقها من أفكار في هذا الجزء من قصتي مع المعجبة، التي آمل أن لا تكون رواية، لا سمح الله، لولا تلك التجربة لما كتبتُ قصتي التي خصَّتْها معجبتي الرائعة بثلاث مقالات

صغيرة مكثفة معمّقة، ثم بدراسة يمكن أن تصدر حقًّا في كتاب، وبذلك لا تكون هناك قصة قصيرة عربية أو أجنبية قد حظيت بتكريم كهذا، حسب عِلمي، حتى تلك القصص الشهيرة التي أحبُّها، مثل "بيت من لحم" ليوسف إدريس، و " النمور في اليوم العاشر" لزكريا تامر، و "الدانوب الرّمادي" لغادة السّمان، و "موت سرير رقم 12 " لغسان كنفاني، و "الورقة الأخيرة" لـ أو هنري، و "قطرة ماء تصعد الدرج" لدينو بوتزاتي، و "البغدادية" لسعيد الكفُراوي، و "صورة شاكيرا" لمحمود شقير، أو ...أو ... "سيرة قصيرة لطويل العُمْر" لفريد عبّاد، وأعني أنا، إن جاز للكاتب أن يُعجب بقصة له، فحديثي عن قصة "المربّع" سببه في الحقيقة أن لكلِّ قصة الحقّ في أن يكون لها مُعجب واحد بها على الأقل، فإن لم تجد، فكاتبها ملزمٌ أن يُعجبَ بها.

قبل أن أصل إلى دراسة معجبتي، كما يصل الضيوف إلى الحلوى في نهاية الغداء أو العشاء، أحبّ أن أوضّح شيئًا مهّمًا:

قد يعتقد البعض أنني حين ذكرت أسماء هؤلاء المبدعين، بعد الحديث عن الدّراسة، أنني أحاول الظهور بمظهر من سبقَهم، أو تفوّق عليهم بدراسة كتبتْها معجبة، لو خُيِّرتُ بين دراستها وبينها، أي بين دراستها وبين أن أراها، لاخترتها هي، إذ إن كلّ صورة من صورها بمثابة مجلد مديح فيّ.

لقد اعتدتُ أن أتعامل مع كل إنسان باعتباره أفضل منّي، طبعًا، إلّا إذا ثبتَ العكس، وتعمدتُ دائما أن لا أتفوّق على أحد في أيّ شيء.

لن أنسى أنني أضعتُ حبيبتي، لأنني تأخّرتُ عليها، فغادرتِ المكان قبل دقائق من وصولي، وانتهتْ علاقتنا بسبب ذلك.

كان يمكن أن تلومني، لو استمعتْ لقصتي، أو لا تلومني، لكنني للحقّ لن ألوم نفسي ولن أعتذر لو طلبتْ مني الاعتذار بسبب تأخّري. ما حدث أنني وصلت إلى وسط المدينة في الوقت المناسب، ولأنني أعرف الدّرج الطويل الذي سأصعده كي أصل إلى قمة أحد الجبال، حيث يوجد المطعم الذي تنتظرني فيه، قدّرتُ أنني لن أتأخر.

كلّ ما حدث أنني بعد دقيقتَي صعود فوجئتُ بامرأة عجوز تصعد الدّرج ببطء، لا أريد أن أقول إنها ذكّرتني بأمّي، لا، سأقسو على نفسي لو قلت ذلك، وأبدو عاطفيًّا، مع أنني كذلك. كلّ ما في

الأمر أنني بدأت الصعود ببطء لأنني لم أملك جرأة تجاوزها، تجاوزها كان يعني لي بأنني أُذكِّرها بضعفها، وهشاشة حياتها، وربما بفقْرها، فهي لم تكن مضطرّة لصعود ذلك الدرج الصعب لو امتلكتُ مالا.

حينما توقّفتْ، توقفتُ، وحينما جلستْ، جلستُ، التفتتْ إليَّ وابتسمتْ، وكم فرحتُ بابتسامتِها، لأنني سمعتُها تقول لنفسها: "حتى هذا الشاب الذي يتمتّع بكامل صحته، لم يقوَ على صعود الدرج! يبدو أنني لستُ عجوزًا كما كنتُ أظنّ".

في المرة الثانية، جلستْ، ففعلتُ ذلك قبْلها بثوانٍ، لأنني كنتُ أراقب كلَّ حركة من حركاتها.

في الاستراحة الثالثة تعمدتُ الجلوس ليس بعيدًا عنها، فخاطبتْني قائلة: "حين كنتُ بعمركَ كنت أصعد هذا الدّرج وأنا أحمل نصفَ ما في السوق، دون أن أتعب، ما الذي يحدث لكم أنتم شباب هذه الأيام؟!"

– قد تستغربين أنني في كلّ مرة صعدتُه استرحتُ مرّة على الأقل، حتى عندما كنتُ في العشرين من عمري!

– ماذا سأقول، سأشكر الله على صحتي إذن، لم أكن أعرف أنني في وضع أُحسَد عليه.

لحسن الحظ، في ذلك اليوم، لم أرَ شبابًا صغارًا، بعمري، يصعدون الدّرج، كلُّ مَن عبروا كانوا في منتصف أعمارهم، يلهثون، وهذا دفعنا، أنا وإياها، لأن نتبادل نظرات ذات معنى بأعين ضاحكة.

هذا مثالٌ حيٌّ على أنني لا أسعى لتجاوز إنسان بأي طريقة. وهناك مثالٌ حيٌّ آخر، ربما سأتحدّث عنه إن تذكرتُ ما يذكِّرني به فيها بعد.

ونعود إلى الدّراسة، التي حاولتُ تأجيل العودة إليها ما استطعتُ، كي لا يرى البعض أنني غير مُصدِّق نفسي أنها كُتبتْ عنّي!

***

لا أذكر أنني بقيتُ مستيقظًا حتى الصباح، من قبل. حتى أثناء الحرب، أكثر من حرب. حروب كثيرة نمتُ خلالها، دائما فضّلتُ أن أصحو قتيلًا على أن أنامَ ميتًا.

كانت دراسة معجبتي مذهلة بكل المقاييس، حتى أن الشكّ في شخصيتها داهمني أكثر من مرّة؛ لا يعقل أن يكتب مَن لم يمارس الكتابة من قبل شيئا عالي القيمة كهذا، لا أقول ذلك لأنه عن قصة لي، رغم أنني لو قرأته عن قصة لسواي، لتمنيتُ أن يكون عن قصة لي، وهذه غيرة إيجابية، لأنها لا تُلحق ضررًا بأيّ كاتب زميل، في أي رابطة أو اتحاد أو جمعية للكتاب في العالم.

كلما اعترضتْ طريقي موجةُ شكّ أمام عبارة عليّ أن أقرأها مرتين لأفهمها، عدتُ إلى صفحتها، وتصفّحتُها. بالمناسبة أستطيع القول إنني لم أجد بوستًا واحدًا يشير إلى عبقرية المعجبة-الكاتبة، ولأنني كنت مهتمًّا بها فعلًا، كنت أتابع صفحتها على حاسوبي المكتبي، بشاشته الكبيرة، لكنني أفضل الكتابة إليها من خلال هاتفي أو حاسوبي المحمول.

أكتب بصراحة، لأن هذا النص أخذ يتطوّر ليصبح رواية، لكنه

لن يرى النور، لا لشيء إلا لأنني لن أناقض نفسي في مسألة مبدئية.

وأعود لصفحتها، ولظنّي الذي قد يكون إثمًا، وإن كنت لا أتمنى ذلك، فمبدئيًا، أرى أن لكل إنسان الحقّ في أن يظنّ، ما دام لا يعرف الغيب، وإن كنت لا أستطيع أن أحدّد مستويات الظنّ، ومداها، فلكل إنسان على هذه البسيطة ظنّه، وهناك ثمانية مليارات إنسان، أستثني منهم الرُّضّع، والمصابين بالخرف، وفاقدي الذاكرة، والغارقين في ضبابية الكوما أو سوادها، والعشّاق الهائمين في ممالك عشقهم كالمجانين.

كنت حائرًا.. فما دامتْ على قيد الحياة، بدليل أن لها صفحة على الفيسبوك، فإن عليها أن تكتب عن الحياة شيئا بمستوى ما كتبته عن قصّتي، أو أقلّ، كأن تقول: "الحياة ابنة كلب خُلقت لتعضّك عشر مرات وتغفو تحتَ قدميك مرّة". أو تكتب: " تعدو لتعيش وخلفك يعدو مصيرُك الجائع"، أو تكتب عن السفر: بجناحيه يستطيع النّسر أن يحلّق بعيدًا، والفراشة أيضا"، أو تكتب عن الشجر: "يا ليتني كنتُ شجرةً. يهمسُ المُتشرِّدُ في ليالي البَرْد... وليتني أيضاً!" أو تكتب مقطعًا من أغنية لفيروز، أحبُّ: "من بين الكِل بتسرقني، وبتلج الماضي بتحرقني"، وهذا أضعف الإيمان.

كل ما يغمر صفحتها، إضافة لصورها العائلية، صور لزنابق بيض، وحُمر، وبنفسجية وسود، رغم أن عليّ أن أعترف أن الزنبق زهري المفضل! لكن الغالب على إطارات صورها وأزهارها هو اللون الزّهري الذي لا أحبّه.

المتعمّق في مسارات الصفحة، سيجد صورًا لفتيات صغيرات بجدائل رائعة، وعليّ أن أعترف هنا، أنني أحبُّ البراءة المطلقة هذه،

ولا أظن أحدًا يخالفني، وإن كنت أرى أن المبالغة في أي شيء أمرٌ مُقلق!

كما يمكن للمرء أن يعثر على لوحة لفتاة جميلة تضع طرَف القلم بين شفتيها، وتفكّر، وكأنها على وشك أن تكتب الجزء الثاني من "مائة عام من العزلة" (هذه رواية أحببتها حقًا مع روايات أُخَر)، أو الجزء الثاني من "هاملت". وأعتذر هنا لكلِّ الفتيات عن هذا التشبيه، وأذكّرهنَّ بأن الذكور كثيرًا ما يظهرون بهذه الوضعية، وفي ظنّي أنهم ينتقمون من أنفسهم حين يلتقطون لأنفسهم مثل هذه الصور المفعمة بالغموض والتأمّل المريض والنظرات السّاهمة، وكأنهم يمهّدون الزمان للشروع في كتابة أعظم قصة قصيرة في الدنيا.

كأن الواحد منهم لم يسمع بعد أن "الجريمة والعقاب" كُتبتْ، و "الحرافيش" كُتبت، و "رجال في الشمس" كُتبت، و "موسم الهجرة إلى الشمال" كتبت، و "العمى" و "العِطر" كُتبتا.

هذه مسألة، أما المسألة الثانية، فهي أن كلَّ هؤلاء الكتاب، تقريبًا، الذين يقضمون الأقلام في صورهم، لم يعودوا يستخدمون الأقلام أصلًا للكتابة، بل حواسيبهم، ما ثُبِّتَ منها في مكانه، وما تنقّل معهم!

لا أعرف إن كان في هذا الأمر استغابة، أو سوء ظنّ، لكنني أؤمن أن لكل إنسان الحقّ في أن يبوح بأي شيء لنفسه، مهما كان هذا الشيء خطيرًا، كما يحقّ له بالطبع أن لا يبوح، لأنني لا يمكن أن أناقض نفسي، أنا الذي طالما أُعجبت ببلاغة قول أحد أبطال الروايات: "اسمحوا لي أن أكون صريحًا ما دمتُ أتحدّثُ مع نفسي".

❋❋❋

مع بداية تسلل أشعة الشّمس إلى غرفتي، أنهيتُ قراءة الكتاب،

71

وحين أقول "الكتاب" فإنني أعني ما أقول تمامًا.

فتحتُ صفحتي، وتوجّهتُ إلى الماسنجر، كما يتوجّه موظف جديد إلى عمله في اليوم الأول، بفرح وارتباك وأمل وخوف..، ومستعينًا أيضًا بمجمل حقوق الإنسان التي أؤمن بها، وتناساها الإعلان العالمي لهذه الحقوق، كما نسيها أو تناساها دستور جمهورية أوزوبيس[1]، وأعني هنا الحق في الجرأة، وكتبت لها: "قرأتُ الكتاب بشغف، سامحيني إن تجرأتُ وقلت لك: أريدُ أن أراك"!

ولكي لا أتردّد، مع أنّ التردد من حقوقي الإنسانية، تجاوزتُ هذا الحقّ، وأرسلتُ الرّسالة.

---

1 - حي صغير في مدينة فيلينوس، عاصمة ليتوانيا، أعلن استقلاله عام 1997 يوم 1 نيسان، إبريل؛ يوم كذبة نيسان!

أطول انتظار عشته في حياتي، هو انتظاري لرسالتها؛ لم تُجِب عليها. تفقّدتُ رسالتي، تأكدتُ عشر مرات، بل عشرين مرّة من أنها أُرسِلتْ. أجريتُ دراسة تحليليّة لها، مع أن عليّ التّواضع حينما أقول دراسة تحليليّة، بعد أن قرأتُ دراستها.

توصَّلتُ إلى أن رسالتي كانت واضحة؛ ليس فيها وضوح جارح ولا غموض شرير. ومع وصولي إلى هذه النتيجة، بدأتُ أفكّر في اتجاهات أخرى، ورغم معرفتكم الآن رأيي الواضح بمسألة الظنّ، إلا أنني لم أستطع كبح جماحِه.

أخطر ما خطر لي أن يكون هناك ناقدٌ ما قد أنشأ صفحة وهميّة، ليوقعني في حبائله، باعتباره امرأة جميلة، صحيح أن هناك صوَرًا لمعجبتي تملأ الصفحة، لكننا جميعًا نستطيع الآن تخيُّل المعجزات التي يمكن أن يحقّقها برنامج يُقرصَنُ بسهولة، في بلادنا، اسمه الفوتوشوب.

هل يكون هذا الناقد واحدًا من الشّلل الأدبية القبيحة التي تُناصبني العداء، ولي معها تجارب كثيرة، سأوردها تباعًا إن اقتضت الضرورة، في هذا النصّ الذي أتمنى أن لا يصبح رواية، وإذا ما أصرّ على ذلك، أعني (النصّ) فكلّي أمل أن لا يكون أكثر من "نوثيلا".

بالمناسبة، حتى الآن لم أستطع فهْم العلاقة، أو وجه الشّبه بين كلمة "نوثيلا" و "ثيلا".

***

لقد عانيتُ كثيرًا من إحدى الشّلل هذه، التي ينطبق عليها اسم فيلم المخرج سيرجيو ليوني العظيم: "الطيب والشرير والقبيح"، مع بعض التعديل، لأن الشّلة كانت مكونة من خمسة أدباء، ولذا يمكن أن أُطلِق على فيلم يُنتَج عنهم اسم: "الطيب والشريران والقبيحان"، فقد لاحظتُ دائما أن ثمة شخصًا أبله وسط أيّ مجموعة من هذا النوع، ولذلك، لا أستطيع إلا أن أصفه بـ "طيب"، وإن ظَهَر في حالات ليست قليلة أنه أهبل، رغم كونه، غالبًا، موهوبًا حقًّا. هذا الوصف له علاقة بضميري، مع أنني أظنّ، أن لكل إنسان الحقّ في أن يكون بلا ضمير، وهو يجابه أعداءه ثلاثَ مرات في حياته، واحدة في شبابه، واثنتين في كهولته، لأنه عادة في طفولته ضمير كامل، وينتمي شرُّه، إن وجِدَ، إلى الشقاوة الممزوجة بعنصرين هما: الجهل، والغيرة.

كانت هذه الشّلة لا تتوقَّف عن الإعلان أنها الحداثة، أجل الحداثة، الحداثة ذاتها، لا تيار مُنتم للحداثة، ويَعتبر خمستُهم، وسادسهم كلبهم، أنفسَهم، من كتَّاب المستقبل، ويترفَّعون على الحاضر، باعتباره نفيًا للإبداع.

لا أريد أن أعتذر عن قولي: "سادسهم كلبهم". فما يغفر لي أنه وصفٌ أحببته كثيرًا منذ أن سمعتُ الشيخ عبد الباسط محمد عبد الصمد يقرأ بصوته العذب الجميل "سورة الكهف": ﴿سَيَقُولُونَ ثَلَاثَةٌ رَابِعُهُمْ كَلْبُهُمْ وَيَقُولُونَ خَمْسَةٌ سَادِسُهُمْ كَلْبُهُمْ رَجْمًا بِالْغَيْبِ وَيَقُولُونَ سَبْعَةٌ وَثَامِنُهُمْ كَلْبُهُمْ﴾.

دائما فكَّرتُ في هذا التكريم الذي يضع الكلب في مرتبةِ سادسِهم، حيث لم يأتِ في السّورة "خمسة وكلبهم" بل جاء سادسهم، وكأنه

74

واحد منهم، كما نقول: ستة أشخاص.

لا أريد أن أُفتي أكثر مما أفتيتُ، ولكنني أرى في ذلك تكريمًا لواحد من مخلوقات الله، التي استخدمتْ العرب اسمه قديمًا في مديح أبنائها الجيدين: "أوفى من كلب".

تلاحظون أنني استعرتُ جزءًا من آية "سورة الكهف"، مع أنني أتحدّث عن أناس يدّعون أنهم الحداثة، وهذا أمر مقصود في الحقيقة، لأن هذا النوع من التّخالط، بلغة زمن كورونا، من مشاهد الحياة اليومية التي نعيش.

قبل أن أعود لخطِّ السّرد، سأقول بصراحة إن سادسهم كان ناقدًا، مع احترامي الكبير لمن وافقني ومن خالفني، بشرف، من النقّاد، لكن، وكما اتّضح لي دائمًا، لا بدّ من وجود ناقد (بَدي غارد) لكلِّ شلّة، وهو إما أن يكون لئيمًا، أو يكون مائعًا، إمّعة. سادسهم كان يَجمَعُ الصّفتين!

***

لا أعرف إن كان عليّ الآن أن أواصل الحديث في مسألة الفوتوشوب، أم اختراع الصفحة؟

.. بعد تفكير عميق، يمكن أن أقول: ما دامت مُحبَّةً لقصّتي، بل مبهورة بها، فإنني سأستبعد وجود صفحة مدسوسة، ويمكن بقليل من التفكير أيضًا، أن أُبرِئ الفوتوشوب في ما يتعلّق بوجود طفلة مربّعة في الصورة، بجانب مُعجبتي، وهذا ما توصّلتُ إليه خلال انتظاري الطويل لوصول رسالة منها، لأن معجبتي لو ربّعت تلك الصغيرة بنفسها، مستعينة بالبرنامج الشّهير، لما ربّعتها عن سوء نيّة، بل كرسالة مَحبَّة لي تؤكّد فيها أن البراءةَ مُربَّعة، والصَّفاء مربّع، والأبعاد مربّعة، كما الفصول أربعة، والجهات أربع، والرياح أربع،

75

وإن تفرّعَتْ أسماؤها. وبذلك تضيف نقدًا مرئيًا إلى نقدها النّصي. وسأسهب قليلا، لأقول: لو أنها التقطتْ صورتها مع صغيرة سمينة أقرب إلى الدائرة لكانت تعبثُ بي، وبقصّتي، ولكانت ذلك السّادس بالتأكيد.

مع شروق شمس اليوم الخامس عشر، كان الوضع على حاله، كما الصحراء على حالها: صحراء، والبحر على حاله: بحر، وأنا على حالي: مُتلهِّف.

اعتبرت أن كتابة رسالة أخرى لها أمرٌ فيه إلحاح أنا في غِنًى عنه، فلطالما كرهتُ المِلحاحِين، الذين لو لم يُلحّوا، الذين لو ترفّعوا لحقّقوا الكثير، وفي ظنّي أن التعريف الأفضل لكلمة إلحاح هو: الاستجداء الممتلئ بالتذلّل للفتِ انتباه أحدٍ أو واحدةٍ للحصول على الشّيء المُراد مقابل إراقة ماء الوجه!

لم أكتب لها.

في الأسبوع الثالث، توصلتُ إلى أن إرسال رسالة قد لا يكون إلحاحًا، بل تذكيرًا! فالإلحاح سُمّيَ كذلك لفرط تكرار الطّلب خلال مدّة قصيرة، وهذا أكرهه فعلًا، ويُنرفزني، ويَحدُث معي حين يُرسل معجبٌ رسالة، وبعد نصف ساعة يُرسِل جيشًا من ضباط علامات التّعجّب، المُنتصبين تمهيدًا لإطلاق النار، دون أن يُقدِّر هذا المُعجب أنني قد أكون في الشارع، أقودُ سيارتي، (لا سيارة لديّ)، أو في مقهى مع صديق (لا أذهب إلى المقاهي)، أو أكتبُ قصة قد يحبّها، أو في السينما، أو في محاضرة لي، أو لغيري، أو حتى في الحمام أعاني من تلك الصعوبات التي يُعاني منها أيّ إنسان!

فكّرتُ في الكلمات التي سأكتبها لها، وتوصّلتُ إلى أنها يجب أن

تكون قصيرة كرسالتي الأولى؛ فكلّما استفضتُ تذلّلتُ، وإذا ذكّرتُها بالرّسالة الأخيرة، فهذا يعني أنني أضع نفسي خارج ذاكرتها، هي التي وضعتْني في عُمق تفكيرها، بدراستها، أو أضع نفسي خارج اهتمامها، وهذا تفكير غبيّ، لأن اهتمامها بي أمرٌ غير مشكوك فيه، بدليل ما كتبتُه حتى الآن حول قصة "المربّع..".

"آمل أن تكوني بخير"، وألحقتُ الكلمات البسيطة الأربع، بأربع أوراق افتراضية خُضْرٍ.

وانتظرتُ.

بعد ثماني ساعات بالتمام والكمال، وصلتْني رسالة منها: "أتمنّى لقاءك، ولكنني أخشى على المربع الذي بيننا!"

رسالة واضحة، في مضمونها وبنائها المكوّن من مربعي كلمات!

سأعترف ثانية أن ما يشبه "النوفيلا" هنا، لا أتمنى أن يصبح رواية؛ فلو أصبح سأكون مضطرًا إلى إعادة توزيعه من جديد على شكل مجموعة من القصص القصيرة، كما فعل عدد من الكتاب المعروفين، الذين لن أغفر لهم انحناءهم للرواية! مثل محمود شقير في مجموعته القصصية "مدينة الخسارات والرّغبة"، وفاروق وادي في مجموعته "ديك بيروت يؤذّن في الظهيرة"، وإلياس خوري في "الجبل الصغير"، وإيتالو كالفينو في "ماركو ڤالدو"، أو كما فعلها إبراهيم نصر الله في ...، ولكنني سأحرص على علاقتي بالأخير لأنه المسؤول عن هذه النوفيلا، على الأقل، إلى أن تنتهي! كما حرِصَ بشدة عليّ، حين نشر في صدر صفحته مع بدايات تفشّي كورونا: "نظرًا للوضع الصّحي القائم فإنني سأحرص على عدم الاختلاط بأي من شخصياتي الرّوائية".

سوء أوضاع العمل المتمثّل في كساد العقار كان يؤرقني كثيرًا على مستويين: الأول، خوفي من أن أجد نفسي خارج المربّع، أعني خارج غرفتي الأثيرة الجميلة التي يُزيّن جدرانها عدد من المربعات الرّائعة، أو واجهات المربعات الرائعة؛ أعني البيوت الفخمة التي كانت تسيل لعاب أحلام زبائننا وهم يتمنّون أن يحالفهم الحظّ فيتملّكوا واحدة منها مكونة من أكبر عدد من المربعات. ورغم ثرائهم، كنتُ أتعاطف معهم، وغير مستعدٍّ أبدًا لأن أُزيّن لهم مربعًا غير جيد، وأوقعهم في حبّه، هم الذين أمضى كثيرٌ منهم حياتهم يعملون لتوفير المبلغ الكافي لشراء مربّع محترم. وأحيانا يرهنون أنفسهم وحياتهم لمربّعات مندسّة، لا تمتُّ للمربعات برحمة، وأعني البنوك، لكي تكون لهم مفاتيح مربعاتهم الخاصة بهم، ويطلّوا من شرفاتها وشبابيكها المربّعة ليتأمّلوا الأبنية المربّعة، ويغبطوا أنفسهم لأنهم أحسنوا الاختيار.

ما كان يؤرّقني أيضًا، هو أن أجد نفسي مُلزمًا بالاكتفاء بمربع واحد، هو غرفة البيت، بعد أن اعتدتُ الحياة في مربّعين، بينهما ممرٌّ جميل حقًا، وحين أقول ممرًّا جميلا، فأنني أعني ذلك تمامًا، إذ إن جمال الممرِّ لا يمكن أن يوصف؛ أولا لأنه مربّع، أو يمكن القول مربع ممطوط، رغم محاولة بعضهم تشويهه بزرع منعطفات في جسده، لحرمانه من جوهر تربيعه، وثانيًا، لأن كلّ ممرٍّ، طويلًا كان أو قصيرًا، هو في الحقيقة أفضل تشويق عرفتُه البشرية، أفضل من كلّ تشويق

عرفتُهُ الفنون في تاريخها، بما في ذلك القصة القصيرة التي أتعصّب لها. فكلّ ممرّ يدفعكَ لأن تتخيّل ما خلف جدرانه، ما خلف أبوابه المغلقة بإحكام، ما يدور في الغرف. وإذا خرجنا للممرّ الكبير الذي نسميه الشارع، فإنني أشك في أن إنسانًا ما على وجه الأرض لم يتساءل: ما الذي يدور في تلك الأبنية المربّعة على يساره ويمينه، وما الذي تخفيه ستائر الشبابيك المضاءة، أو المعتمة! الغريب أن مثل هذه الأسئلة تُطاردك خارج بيتك وفي داخله، كلما مررتَ أمام باب مغلق لأحد أولادك، أو بناتك، وسمعتَ، أو لم تسمع، ما يدور في الغرفة، وما يفعله ابنك أو ابنتك بهاتفه الذي يكون حجمه بحجم مربعين، أو مع حاسوبه المحمول الذي يمكن أن يكون على شكل مربع ونصف مربع! هل جربتَ أن تحرم واحدًا من أولادك من هاتفه المحمول، حاسوبه المحمول، أعني مربعه، بالتأكيد ستفكّر كثيرًا قبل أن تفعل.

كل هذا لأقول إنني فهمتُ جيدًا معجبتي حينما كتبت لي: "أتمنّى لقاءك، ولكنني أخشى على المربّع الذي بيننا!" مع أنني للحقّ، أيضًا، أرى أن لكل إنسان الحقّ في أن لا يخاف على مربعه أحيانًا، أو يخاف عليه أحيانًا، إذا وجد نفسه قرب دائرة أو في وسطها.

على أي حال، ومنعًا لأي التباس، أعتبر أن هذه الآراء تمثّلني شخصيًا، كشخصية، كما تمثّلني ككاتب، حتى لو لم تكن هذه قصة قصيرة، بعد أن بلغ عدد كلماتها، حتى الآن، حسب حاسوبي: 11654 كلمة.

الليل بارد في الخارج، ولكنني أعتبر نفسي كائنًا شتويًا الصيفُ مشكلته. في الشتاء أنام براحة إن كنت خالي البال، لكنني في الصيف، خالي البال أو لا، أظلّ "اتقلَّب على جمر النار، واتشرّد ويّا الأفكار"، كما جاء في أغنية أم كلثوم "أنا في انتظارك" التي كتبها بيرم التونسي وأبدعها لحنًا الشيخ زكريا أحمد.

شتاء 2020 لم يكن شتاءً قريبًا من قلب أيّ إنسان على وجه الكرة الأرضية، بل العام كله؛ إنه عام ليس لنا، بسبب انتشار فيروس كورونا، ثم جاء الصمت الكبير الذي أعقب رسائل معجبتي العظيمة ودراستها حول قصّتي، لِيُضاعف من حِدّة تقلّبي وحرارة جمري.

دخل البلد في أجواء حظر التّجوال، دون أن يصلني أيّ ردٍّ منها. كان في استطاعتها أن تُرسل كلمة واحدة؛ كأن تقول: "بخير"، وكنت سأكتفي بها ربع رسالة، لكنها لم تفعل، وهذا ما دفعني للعودة إلى دراسة رسالتها السابقة، علّني أفهم مقصدها من: "ولكنني أخشى على المربّع الذي بيننا".

ما الذي كانت تريده؟ هل تعني بالمربّع قصّتي التي أحبّتْها؟ هل تخشى أن يُفسد لقاؤنا صورتي كـكاتب، وإن حدث هذا لا سمح الله، فإن افتتانها بالقصة سيتهاوى؟ أم أنها تتحدّث عن مربع خاص بدأ يتشكّل بيننا، وتريده أن يبقى مربّعًا افتراضيًا، مثل الوريقات الافتراضية الخُضْر التي تبادلناها بأدبٍ جمّ؟

على أيّ حال جاء انتشار المرض في العالم ليقطع الطريق علينا، حتى لو كان طريقًا بأربعة مسارب! فموجةُ الخوف من العدوى لم ينجُ منها أحد، وإن كنتُ لا أنفي أنها لو طلبتْ لقائي، لما تردّدتُ في الذهاب.

غريب!

غريبٌ هو الإنسان، وغريبة تلك الحدود التي سيسعى لاجتيازها، أحيانًا، حتى لو كان الموت هو الثمن.

بعد بداية حظر التّجوال الذي يستمرّ من السادسة مساء حتى العاشرة من صباح اليوم التالي، بات الحديث عن أيّ لقاء أمرًا مستحيلًا، حتى لو وصلتْني رسالة حبٍّ منها مكوّنة من أربعين ألفَ كلمة، متجاوزة حجْم دراستها عن مربّعي، فلا وسائل المواصلات متوافرة، ولا المقاهي التي يمكن أن ألتقيها في واحد منها لاحتساء كوب شاي أو فنجان قهوة أو كأس عصير.

ثم إنني لا أعرف أين تسكن، وأرجو أن لا يكون بيتها في تلك المدينة التي بدأ الوباء انتشاره فيها بعُرس، ومن الغريب أن يحدث هذا، لا على المستوى الواقعي، بل على المستوى الوجوديّ. لأن الكارثة الوبائية المأساوية اختارت أن يكون عُرْسٌ منصةً لانطلاقها، وكأنها بذلك تقول للبشرية جمعاء إن كل أفراحكم باتت تحتَ رحمتي.

من بين أفراح البشريّة المهددة كانت فرحتي بالتأكيد.

في البداية كان الحَجْر عبارة عن مربعات كبيرة، هذا ما قرّرته الحكومة، ومع تزايد أعداد المصابين بالمرض، لجأت الحكومة تدريجيًّا للمربعات الأصغر فالأصغر، ولم تعد هناك من وسيلة للنّجاة إلا هذا الحجم من المربّعات.

أختي وزوجها لاما نفسيهما لأنهما تأخّرا في اتخاذ قرار شراء بيت بمربعات كافية، لأن أسرتها وجدتْ نفسها لا تملك أي مربع احتياطي تضع فيه أيّ فرد منها تظهر عليه أعراض المرض، لو حصل ذلك لا سمح الله.

غريب!

غريب أن احتمالًا كهذا لم يكن يخطر ببال الناس من قبل، ولذا، وعدتُ نفسي أنني سأحرص على وجود مربّع احتياطيّ في أي منزل مستقبلي لي، كما كان الناس يحرصون على وجود مربع تحت الأرض حين كانت هناك حروب.

في أيام الحظْر اكتفيتُ بمربّع واحد، ومنشفتَي مطبخ صغيرتين، مربّعتين طبعًا، التجأتُ إليها لحماية أمّي بالدّرجة الأولى، من أي عدوى قد أكونُ سببها، فهي تنتمي لفئة الأعمار التي استعدَّ بوريس جونسون، رئيس الوزراء البريطاني، لتقديمها قربانا للوباء، ما إن وصلت جحافله البغيضة إلى العاصمة لندن، كما قدم سلفه السّحيق "آرثر جيمس بلفور" فلسطين قربانا لوباء من نوع آخر!

أشرتُ لمنشفة فوق كرسيٍّ من كراسي المطبخ، وقلت لها: "أُمّي، هذه المنشفة لكِ"، وابتسمتُ من أعمق أعماقي، حين اكتشفتُ أن جملتي كانت مكوّنة من أربع كلمات: "لأحميكِ من أي عدوى يمكن أن أُصاب بها". قلتُ ذلك وأنا أعدّ على يدي لأتأكد من أن جملتي مكونة من مربعين كلاميين.

فرحتْ أُمّي بحرصي عليها، وإن بدت مطمئنة إلى أن المرض لن يصيبني ما دمتُ وإياها مُلتزمَين بالبيت. ودهَمني حزنٌ خاطفٌ يصعب عليها أن تراه بعينيها المجرّدتين لأن المكتب الذي أعمل فيه باتت أبوابه مغلقة.

***

بعد يومين، لا غير، بدأتُ أضبط نفسي متلبِّسًا بتجفيف يدي بمنشفتها، بحكم القاعدة، فأقوم باستبدالها بواحدة نظيفة.

بعد ثمانية أيام، أصابني ما أصاب الجميع من عدم المبالاة، ولا أعرف هل هي ثقة بالنّفس التي استطاعت النجاة حتى الآن، وأعني بـ (الآن) ذلك الوقت، أم أن شكلًا من أشكال اليأس وانعدام معنى الحياة تسرَّبا إلينا، بعد أن ثبتَ أن قُدرة الڤيروس فاقت قدرة جيوش العالم كلها وهو يجتاح حدود البلدان داكًّا عواصمها، الكبيرة قبل الصغيرة.

أُمّي لاحظت خطئي المتكرّر، فخصصتُ المنشفة التي على الكرسيّ لي، وبدأتُ باستخدام المنشفة الأخرى التي كنتُ وضعتُها فوق وحدة التدفئة المركزية.

ذلك أثّر فيّ كثيرًا، بحيث كتبتُ: لكل أمٍّ الحقّ في أن لا تكون مُضحِّية أحيانًا.

وصلتْ رسالة معجبتي أخيرًا: "كلَّ ما أرجوه أن يكون مربّعكَ آمنًا.. دائمًا".

فكتبتُ لها بعد أقلَّ من نصف دقيقة: "ومُربعكِ أيضًا".

انتابني ندمٌ شديد بسبب تسرُّعي، وقبل أن أهمَّ بمحو الرسالة لكتابة شيء أهمَّ وأفضل، رأيت صورتها الافتراضية الصغيرة تهبط، مع صوت يشبه نبضة ساقطة من الصدر على برعُم يتفتّح، فأدركتُ أن الوقت فات.

ضايقني الأمر بشدّة إلى أن تذكَّرتُ أن لكل إنسان الحقَّ في أن يتسرَّع أحيانا في ظلّ غياب إرادته أو في ظلّ حضورها.

إرسالها بعد نصف دقيقة أربع ضحكات افتراضية، بدَّدَ ضِيقي كلّه، إذ وجدتُ نفسي أبتسم، وقلبي ينشرح.

إذا استثنينا أنني خسرتُ الاختلاء بنفسي في مربّع لطيف، هو مكتبي، فلن أعتبر نفسي متضرِّرًا من أزمة كورونا. الخوف الذي بات يتربّص بي ليل نهار، هو فقدان هذا المربّع إلى الأبد، ولو حدث هذا لا سمح الله، فإن الحصول على مربّع بديل سيكون سابع المستحيلات، مع انهيار الاقتصاد العالمي، فالعربي، فالمحلي؛ إذ إن أسوأ ما يمكن أن يُجرِّح الكيان الوجودي للإنسان، هو أن لا يملك في الدنيا سوى مربع واحد!

تجربتي التي أتاحت لي أن أنعم بالعيش في أكثر من مربّع على مدى حياتي، وهي مربعات متنوعة فعلا، أتاحت لي أن أصل إلى نتيجة مفادها: لا يمكن أن تحافظ على مربّعك في ظلِّ انهيار المربّعات حولك.

لا شيء يشبهنا كما تشبهنا أحجار الدومينو، وهي للمفارقة ذات أربعة أضلاع، بحجم مربعين.

مراقبتي المحدودة للعالم، لم تمنعني من معرفة أشياء كثيرة، مع أنني أعترف أنني أتشبّث بالأخبار المفرحة، أكثر من نقيضتها، الأخبار المفرحة التي تتناقلها وكالات الأنباء ومحطات التلفزيون والجرائد، وأولئك الذين لا يتورّعون عن تلفيق أخبار مُفرحة لإشاعة الأمل.

الأمل هو الطائر الوحيد الذي يملك عشرات الأجنحة، ولكنه لا يستطيع التّحليق اعتمادًا على قوته الذاتية.

الأمل كائن جميل بالتأكيد، أجمل من الدّجاجة بكثير، وطيبٌ

مثلها، أعني طيب مثلها وهي ترقد على بيضها، وطيب مثلها وهي تمشي بين فراخها بزهو أُمٍّ.

الأمل رائع، ولكن من يمنحونه أجنحة أكثر مما يحتمِل، لا يعرفون أنهم بذلك يمنعونه من التّحليق!

طبعًا، كنت أضحك بين حين وآخر على ما يُرسله حلفاء اليأس الذين ينشرون بعض الأشياء الطريفة حقًّا، بحيث يمكن أن أعتبر طُرفهم أقصر الأعمال التي تنتمي للكوميديا السوداء من بين النصوص الأدبية في العالم، فبعد أن شاع لدى الجميع أمل مفاده أن الصيف سيكون كفيلا بسحق جحافل الفيروسات دون الحاجة لأي لقاح، أرسل لي أحدهم يقول: "صاحب نظرية: الكورونا ستختفي بفضل ارتفاع حرارة الصيف، هو نفسه (الواطي) صاحب نظرية الحذاء الضيّق الذي سيرتخي جلده بعد استخدامه".

أعترف أن هذا النصّ المُحْكم جعلني أضحك وأتألم، إذ طالما عانيت من الأحذية الضيّقة، بل إنني لا أتذكر حذاءً واحدًا في طفولتي لم يكن ضيقًا، ولا أعرف لماذا كان الحذاؤون يستعينون بهذه الحجّة، ولا أعرف لماذا كان آباؤنا يصدّقونها! هل كانوا يظنون أن سعة الأحذية ستجعلها تنزلق من أقدامنا وتضيع؟ ربما. هل لأن حذاءً واسعًا قد يجعلنا نحسّ بالحرية، فنتمرّد؟ ربما. هل لأن الحذاء الأصغر أقلّ سعرًا؟ ربما.

أشكّ تمامًا في أن يكون البائع والشاري قد سمِعا بالحذاء الصيني الذي يعمل على ألا يكون مقاس قدم الفتيات أكثر من 10 سنتيمترات! لتستحقّ هذه الأقدام لقب "الأقدام الذهبية" أو "أقدام اللوتس". أما ما يضاعف حزني فهو إن الحشر داخل الحذاء المُحْكم

كان يبدأ مع بلوغ الفتاة الصينية الرّابعة من عمرها! وهذا تطاول ليس على الفتاة وحدها، بل على مربّع عمرها.

الغريب أن صاحبات الأقدام الكبيرة كنّ يتعرّضن للسخرية وبالتالي العنوسة، وهذا شيء لم تعانِ منه فتياتنا والحمد لله. أختي مثلا مقاس حذائها 43، وبالنسبة لي، لن أشكو من وجود زوجة في البيت مقاس حذائها 44، أقول هذا بحقّ، فأنا نفسي حجم حذائي، للمصادفة الجميلة، 44. أنا لا أعرف كيف يستطيع السَّير، أصحاب وصاحبات الأحذية التي تنتمي لمقاس دون الأربعين، وأظنُّ أنني لو قمتُ بإجراء دراسة موضوعية حول هذا الأمر، لثبتَ لي أن الفئة الأكثر عُرضة للتعثُّر، ومن ثمَّ السّقوط، والكسور بمختلف أشكالها، هي هذه الفئة.

بالنسبة إليّ، لا أذكر أنني تعثّرتُ ماديًا، بعد أن تجاوز حذائي الأربعين، قبلها، كان يحدث هذا كثيرًا، ولذا سأبوح هنا بسرٍّ لم أبُح به من قبل؛ وهو أنني على يقين من أنّ العثرات المعنويّة التي تركتْ نُدَبًا غير مربّعة في روحي، لن تتكرر ما إن أبلغ الأربعين من عمري. أقول هذا بمنتهى الجدّية، كما أنني لن أعاني من أيّ عثرة بعد بلوغي المائة وعشرين؛ أقول هذا كطُرفة.

أجمل ما في الأمر؛ أنّ اضطرارنا للمكوث في مربعاتنا الخاصة، يدفعنا للتّفكير في الآخرين داخل مربّعاتهم، ليس هؤلاء فقط، بل العالم بأكمله. صحيح أن مربّع معجبتي -التي ظهرت لحسن الحظ قبل الحجْر- كان يشغلني أكثر من أيّ مربع آخر، وهذا إحساس بشري لم يولد في اللحظة التي ولدتُ فيها شخصيًّا، لم يمنحه الله لي خصيصًا، بل وُلِد مع أول إنسان أطلق صيحته الأولى تحت شجرة، أو داخل كهف، قبل أن يتطوّر هذا الإنسان فيها بعد، ويصل إلى بناء مربّعه الخاص به.

كنت منشغلا بها حقًّا، أتأمل صندوق بريدها الافتراضي الذي لا أُعارض وصْفه بذلك، لأسباب بتُّم تعرفونها، وأفكِّر، بعمق، في أن هذا المربع الصغير الذي أمامي قادر على أن يغيِّر حياتي فعلا، لأن معجبتي بطريقة أو بأخرى فيه، ولأنني حين أُلقي نظرة، أو نظرات كثيرة عليه كل يوم، فإنني في الحقيقة لا أختلف عن أيِّ عاشق ألقى نظرة في الأزمنة القديمة على حبيبته في المربع المقابل لمربعه.

لم تظهر معجبتي، فحاولتُ البحث أعمق في صفحتها، وكلّي أمل أن أرى صورة لها أمام باب بيتها تُظهِر رقم البيت، اسم الشارع، يافطة عمارة سكنية في الخلفية تُعلن اسم صاحب أو أصحاب شركة الإسكان، مول، سوبرماركت، ميني ماركت، بقالة، ملحمة، مدرسة، محلّ حلويات، صيدلية، فُرن، رابطة أدبية أو فنية.

لا شيء.

فتحتُ نافذتي المطلّة على الشارع الصامت، كانت درجة الحرارة في أعلى معدلاتها، في مثل هذا الوقت من الشتاء، فتفاءلتُ، أي عمّني الأمل، في أن تستطيع الحرارة تطهير بلدنا، والبلاد الأخرى، من هذا الفيروس.

أفرحتْني تلك الحرية التي يتمتّع بها الصيف في التّسلّل إلى قلب الشتاء، أنا الذي طالما ردّدتُ: "من حقّ الصيف أن يتسلل إلى الشتاء متى شاء، ومن حقّ الشتاء أن يتسلّل إلى قلب الصيف متى شاء"، ففي كل مرة حدث فيها هذا بَثَّت الحياةُ، لا بدَّ، شيئا من الفرح والدّهشة في قلوب المخلوقات على مرّ التاريخ!

كان من الصعب عليّ أن لا ألبّي نداء تلك الشمس، وذلك الدفء الذي دفعني برقّته للتّخفف من ملابسي، بخاصة أن الحكومة سمحتْ لنا باستخدام أقدامنا، هي التي لم تسمح لنا في أيِّ يوم من الأيام أن نستخدم رؤوسنا!

ها أنتم تتعرّفون الآن إلى وجهٍ آخر لي، وهو الوجه الذي لا يُمكن أن يكون الكاتب كاتبًا إن استبدله بقناع!

قلت لأمّي: "سأتمشى قليلا"، وعرضتُ عليها أن ترافقني، مع أنني أعرف أنها ستعتذر.

- كنت سأطلب منكَ أن تفعل هذا، لأنني بتُّ أسمع صرير مفاصلك وأصواتها الغريبة المُفزعة، نائمًا ومستيقظًا!

- كان عليكِ أن تقولي لي هذا، لأنني لم أنتبه.

- صار خير!

❋❋❋

في كلِّ فراغ بحرٌ لا يعرفه أحد مثلما يعرفه الغرقى.

كلّ شيء هادئ إلى درجة أن باستطاعتي أن أقول إنها المرّة الأولى التي أسمع فيها نفسي بهذا الوضوح.

لا أعتبر نفسي مشّاء، وإن كنتُ على يقين من أنني قادر على قطْع أيِّ مسافة، مهما كانت طويلة، دون أن ألهث أو أشكو. ما يزعجني في رياضة المشي عدمُ وجود الأرصفة، ورعونةُ كثير من السّواقين،

92

والحُفَرُ الكثيرة، صغيرة وكبيرة، التي توجد في الشوارع، وإلى ذلك الماء المُنسكب على الدّوام، نتيجة غسْل السيارات. أما ما كان يزعجني أكثر فهي تلك الأصص البلاستيكية الكبيرة التي لا توجد فيها زهرة واحدة، أو غصن أخضر، ويضعها بعض السُّفهاء على الأرصفة، والبراميل التي يضعها أمثالهم، في الشارع، أمام بيوتهم لمنع الآخرين من إيقاف سياراتهم، وكأن الشوارع مِلْك آبائهم وأجدادهم.

كنتُ أبتعدُ، متعمِّدًا، عن بيتنا كثيرًا حين أمارس هذه الرياضة الجميلة غير المكلِفة، لأن بعض الجيران ينظرون إليّ، كما لو أنني أمارس أمرًا مَعيبًا، وبعضهم يستغرب قيام شاب بإرهاق نفسه في شيء جسمه ليس بحاجة إليه، وبعضهم ينظرون إليَّ كإنسان غير واثق بنفسه وبشبابه، أو يبالغ أحدهم، أو بعضهم، فيقول إنني أتعمّد المشي ببطء أمام كلّ بيت فيه فتيات غير متزوِّجات!

كنتُ أبتعد ما استطعتُ، إلى أن اهتديتُ إلى شارع هادئ فعلا، أصبح فيه المشي متْعتي، بحيث تحوّلت هذه الرّياضة إلى عادة، لكنني ذات يوم وجدتُ نفسي، وجهًا لوجه، مع امتحان لم أتوقّعه.

في منتصف الشارع، هناك بيت لصاحبه كراج نظيف، أمام ذلك الكراج، على الرصيف، جلس شاب بعُمري، ربما، على كرسيّ متحرِّك، صامتًا، يتأمّل الشارع، وينظر إلى أعلى شجرة ''كينا''، أوكالبتوس، محاولا أن يرى طائرًا مغرِّدًا على أحد أغصانها.

ألقيتُ عليه التحيّة، فردَّ بأدب جمّ.

واصلتُ طريقي، ولكن بسرعة غير تلك التي كنتُ أسير بها، خجِلًا من قَدَمَيَّ!

بعد أن تأكدتُ من أنه لم يعد يراني، حاولتُ العودة إلى سرعتي،

التي لا أعتبر المشي رياضة إن كنت أسيرُ بأقلّ منها.

لم أستطع.

وصلتُ إلى آخر الشارع، درتُ حول ملعب إحدى المدارس، ثم عدتُ من جديد، فوجدتُ ذلك الشّاب هناك، وكأنه في انتظاري.

ألقيتُ عليه التحيّة مرّة أخرى، فردَّ بصوت أكثر وضوحًا من المرّة الأولى.

واصلتُ طريقي، ومع بداية صعود خفيف في الشارع، كنتُ أعتبره أفضل جزء في مشواري، لأنه يحرّك عضلات في ساقيَّ لا يحرّكها استواءُ شوارع أخرى، بدأتُ ألهث!

كنتُ أحسُّ أن نظرات ذلك الشابّ اللطيف مثبتة وسط كتفَيّ.

بصعوبة وصلتُ إلى البيت، وأنا أعيد التفكير في الفوائد التي يمكن أن يحصل عليها الإنسان من رياضة كهذه!

في اليوم التالي سلكتُ الطريق نفسه، متوقِّعًا أن يكون الشاب زائرًا لا مُقيمًا، وهذه أنانية مُفرطة، من قِبلي، طردتُها بسرعة، وفي ضميري ثغرة يصفرُ فيها النَّدم.

وجدتُه هناك.

ألقيتُ عليه التحيّة، وواصلتُ بسرعة أقلّ، كما لو أنني أسير سيرًا موضعيًّا؛ لا أغادر مكاني.

لم أستطع أن أمنع نفسي من تذكُّر صعود ذلك الدّرج بطء، ذاك الصعود الذي ألقاني في الهاوية، منذ أن فقدتُ حبيبتي التي انتظرتْني في الحقيقة كما لم ينتظرني أحد، أنا زميلها طالب الهندسة الذي لم يجد وظيفة بعد تخرّجه بسنوات، غير وظيفة سمسار عقارات في مكتب شهير بالمتاجرة بالمباني الفخمة.

حين لم أجدها في المقهى، في ذلك اليوم البعيد، فتحتُ هاتفي ونظرتُ إلى رسائلي، فوجدتُ تلك الجملة التي توقّعتُها:

"أرجو أن تفهمني، انتظرتكَ طويلا، ومن الصعب عليّ أن أنتظرك أكثر!"

***

بعد مشوارين آخرَين، لاحظتُ أن متعة ذلك الشاب، وربما حُرّيّته كلّها، قائمة في أن يُمضي ساعة الغروب أمام باب الكراج على الرصيف، المكان الذي لا يطلُّ على غابة، ولا يطلّ على بحر، ولا على مدينة معتمة أو مضاءة، ولا على جبل، ولا حتى على امتداد صحراويّ تعبره الشاحنات المُغبرَّة، وفوق هذا هناك الأسى الذي يغمر ملامحه، ثم آتي آخر الأمر لأُفسِد ساعة حريّته وصمته، بالسير أمامه، مُذكِّرًا إياه أنه لا يملك قدمين!

انتقلتُ إلى شارع آخر، وكلّي خوف من أن أجده ذات مرّة يدفع كرسيّه بيديه الضعيفتين، ربما باحثًا عنّي!

✳✳✳

في ذلك اليوم الهادئ من أيام كورونا، فكرتُ في أن أَسْلُك الطريق نفسه، الذي منحتُهُ لذلك الشاب. لكنني لم أستطع فِعل ذلك، خائفًا أن يراني أمامه عائدًا، وكأنني أريد احتلال أجمل ساعة في يومه، كما أشرتُ. كنت أدرك أنه بحاجة لذلك الشارع أكثر منّي، وهو بحاجة إليه الآن أكثر من قبل.

كان إحساسي بالحَجْر يتزايد يومًا بعد يوم، بحيث لم أعد أرى نفسي مختلفًا أبدًا عن صاحب الكرسيّ المتحرّك، الثابت.

لقد وضعتُ نفسي دائما مكان سواي، بل صرتُ سواي، كلما وجدتُ نفسي أمام حالة يحتاج فيها إنسانٌ قلبي، كي أتمنّى له حالا أفضل.

ابتعدتُ أكثر من أيّ مرّة مشيتُ فيها، وكأنني أريد أن أكون خارج تلك الدائرة الجهنّميّة التي حَشَرَنا الوباء في قعْرها.

بحرية أصبحتُ أسير في الشّارع الموازي، فرحًا بصوت العصافير مساء كلِّ يوم أتريَّض فيه، ومستمتعًا بمشهد الكسل العظيم الذي تتمتّع به القطط، دون أن أستطيع بالطبع نسيان صورة ذلك الشاب الذي حجَره حادث سيارة أو مرض عضال فوق كرسيّه إلى الأبد!

بين حين وحين أصادف فتاة تُريّض كلبها وتتريّض معه بحذاء رياضي ولباس خفيف.

تمنيتُ لو أنني أملك فرصة لترييض قلبي أيضًا!

سعادة الكلاب المنزلية، التي أتيح لها أخيرًا التنزُّه، بدت لي مضاعفة، إذ إنها حُرمتْ طويلا مما تمتّعتْ به مثيلاتها المشرَّدات، تلك التي لا تكفّ عن النباح في الخارج، بسبب جوعها، لكن تلك التي في الداخل تعتقد أن ذلك فرح بالحريّة!

✳✳✳

بعضُ الكلاب الضّالة، التي لا تنتمي لفصائل نادرة، تجرّأتْ وعبرت الشوارع العريضة، ودخلتْ المدن، مطمئنّة للهدوء الذي ساد.

رأيت بعضها أكثر من مرّة من شبابيك بيتنا، لكن أسوأ ما في الأمر أنها لم تكن تجد شيئًا تأكله، كالقطط، ولذا بتُّ ألاحظ أنّ النّفور، أو العداوة التقليدية، التي نعرفها، بين القط والكلب بدأت تتلاشى، لعدم وجود شيء تتصارع عليه!

97

ثمة أطيافُ اتفاقية سلام على وشك أن توقَّع بينهما.

***

أثناء سيري، ذات يوم، لاحظتُ وجود كلب ضالّ مرقَّط بالأبيض والبني، أكثر من مرّة، قرب دوَّار صغير بجانب أحد المطاعم المُغلقة، يروح ويجيء، كما لو أنه يتشمّم رائحة طعام مرّ على إعداده أربعون يومًا.

حزنتُ عليه، حزنتُ كثيرًا، لكنني للحقّ لم أتجرّأ أن أذهب وأفتح ثلاجتنا لأُحْضر له شيئا منها، فالحصول على ما يُؤكل، كما يعرف الجميع، يتطلّب جرأة، كملامسة خطّ الموت، حيث بات الناس يفقدون وعيهم كلّما لمحوا شيئًا من الطعام على رفٍّ أو في ثلاجة، أو على طاولة.

مثل عنترة بن شداد، الشجاع، وجدتُ نفسي "أعفُّ عند المغْنَمِ" ومترفَّعًا عن "أغشى الوغى".

ولذا أعترف أن ثلاجتنا أحسّت أيضًا بحريّة نادرة خلال أيام الحشر بسبب المساحة الرّحبة التي اكتشفتُها في داخلها، بل لن أبالغ إذا قلتُ: ربما أحست للمرة الأولى في حياتها، بسعادة أنها بمساحة مربعين.

***

بعد أيام بدأتُ أتابع بفرح أحداث علاقة جميلة باتتْ تتكوّن بين كلب الدّوّار والكلاب الصغيرة المرفَّهة الجميلة، بعد أن اطمأن أصحابها إلى أن ذلك الكلب المشرّد غير مؤذٍ، وأنه فعلا بحاجة، ليس للأكل فقط، بل للهو، هو الذي وجد نفسه وحيدًا، ما إن فقدتِ الكلابُ الضّالة الأخرى الأمل في العثور على طعام داخل أحياء

المدينة، وبعد أن اكتشف حقيقة أنه يمكن أن يحتمل وجود القطط بجانبه.

مشكلته الكبيرة كانت تتمثّل في أن القطط غير مؤهّلة جينيًّا للعب معه، إذ سرعان ما تُشْهِر مخالبها وتخدشه ردًّا على أيِّ دعابة منه.

أما أنا، فللحقّ، كنت آخذ نفسًا عميقًا وأملأ صدري بهواء نظيف، نظيف فعلا، كلما وجدتُ مَن يسمح لكلبه الجميل باللعب مع كلب الدوّار.

مشهد دافئ، إذ لا شيء في العالم أروع من أن ترى عُزْلة إنسان أو حيوان تتبدّد بوصول وليف.

❋❋❋

بعد أيام أصبحتُ ألاحظ أن أصحاب الكلاب، ومن بينهم فتاة جميلة، لا ترفع عينها عن كلبها، عندما أمرّ بهما، أعني هي وكلبها وثالثهم كلب الدوار، ألاحظ أنها باتت تُحضِر طعامًا كلبيًّا لذلك المتشرّد، طعامًا من تلك التي لا توجد إلا في المولات الكبيرة.

تعمدتُ التباطؤ لأرى الطريقة التي سيأكل بها (كلبي) تلك الكُرات الأقرب ما تكون لحبات شكولاتة انتهت صلاحيتها منذ عشر سنوات على الأقل.

المفاجأة، بالنسبة إليَّ، أنه أكلها بنَهَمٍ وإن لم تظهر على ملامحه أمارة سعادة واحدة.

بعد أيام بات أصحاب الكلاب يسمحون له بمرافقة كلابهم عشرات الأمتار قبل أن يهشّوا عليه ليبعدوه.

في كلّ مرّة عدتُ فيها إلى النقطة الأولى في بداية الشارع الطويل، كنتُ أجده مُقعيًا، أي جالسًا على إسته، بحزن، في وسط الدوّار تمامًا،

99

كما لو أنه نقطة المركز.

حدثتُ أمّي عن الكلب، فتابعتْ قصّته بلهفة، وبعد أن كانت تسألني كلّ مرة فيها أعود من تريُّضي: "كيف كان مشوارك؟"، أصبحتْ تسألني: "ما هي أخبار الكلب؟"، ثم: "ما هي أخبار كلبنا العزيز؟"، ثم: "ما هي أخبار عزيزنا"، فأروي لها كل ما شاهدتُ وكأنني عين كاميرا بدقة 8K، فتتابع الأحداث بشغف مَن يتابع أحداث مسلسل "لعبة العروش"، حتى أنها في بعضٍ الأيام راحت تسألني: "ألا تريد أن تحرِّك الدّم في عروقك اليوم؟" فأدرك أنها باتت تعاني من الضّجر معي، وتتطلع لأحداث الحلقة التالية من مسلسل الكلب، فأؤكد لها أنني أعاني فعلا! وحينها تقول لي: اذهب وتمشَّ قليلا، جسمك بحاجة لهذا.

صورة لأمي أمام مرآتي:

- ناحلة كالنّاي.
- رحبة كالموسيقى.
- متفائلة كشمس.
- حانية كنسمة.
- خضراء كالبهجة.
- رقيقة كغزالة.
- حكيمة كزيتونة.
- عذبة كياسمينة.
- عظيمة كأمّي.

واقفًا أتأمل الشارع الصّامت وعتمة المساء كنتُ، حين سمعتُ رنين هاتف البيت الأرضي، الهاتف الذي أبقينا عليه لأن أمّي لا تستطيع استخدام غيره من الهواتف.

توقّعتُ أن تكون واحدة من أخواتي، أو إخوتي، الذين وجدوا في الوباء حجة قويّة لعدم تفقّد حالنا حتى هاتفيًّا!

قبل أن أرفع السماعة، رجّحتُ أن تكون أختي، مديرة المدرسة، هي المتّصلة، للحديث مع أمّي، ولكنها بعد أن تطمئنّ على صحتها بنصف سؤال، ستطلب الحديث معي. كنت أفهم هذا التكتيك لأنها لا تريد أن أعتبرها مِلحاحة في مسألة الشّقّة الموعودة، ولذا لا تستخدم الهاتف المحمول.

فاجأني الصوتُ على الطرف الآخر؛ لم يكن ينتمي للفئة التي ينتمي إليها صوت أختي، كما أن لغة ذلك الصوت سليمة، بحيث ارتجفَ قلبي، وأنا أتساءل هل تكون مُعجبتي قررتِ الوصول إليَّ ونجحتْ، ففي النهاية يمكن أن تطلب رقمي من شركة الاتصالات، فأنا بكل المقاييس شخصية معروفة، إن لم أقلْ شخصية عامة. لم يكن الأمر كذلك!

شرحتْ لي المتّصلة بسعادة طاغية أنها مقدمة برنامج "علّي صُوتك"، فعرفتُ أن الاسم مشتقٌّ من أغنية محمد منير الجميلة، التي تقول:

"علّي صوتك، علّي صوتك بالغُنا
لسّه الأغاني مُمكنه مُمكنة"!
إنها أغنية جميلة حقًا، وكلما سمعتُها أحسستُ بأن أجنحة أملي
الخاص تضاعفتْ!
أخبرتْني إن الهدف من البرنامج، في إذاعتنا، وهي إذاعة خاصة
بالمناسبة، أن يُغني الناس عبر أثير الإذاعة، دون أن يكونوا مضطرّين
للبوح بأسمائهم. فكرة البرنامج أن لكلّ إنسان الحقّ في الغناء على
الهواء مباشرة، ولو مرّة واحدة في حياته.
أعجبتني الفكرة كثيرًا، وفرحتُ بها، مع أنني أحسستُ بالتقصير
لأن هذا الحقّ لم يخطر ببالي، بحيث أُدوّنه في ملحق حقوق الإنسان
والحيوان الذي أعمل على تأليفه بهدوء وروِيّة.
شكرتُ المذيعة على اتصالها، وأثنيتُ على فكرة البرنامج، وتماديتُ
بحيث قلتُ: "غريب أن إذاعتنا الرّسمية لم تفكر في أمر كهذا! "
تراجع اندفاعها قليلا، وأخبرتْني أنها مضطرّة لحذف جملتي
الأخيرة في حال مشاركتي، لأن سياسة إذاعتها تنصّ بوضوح شديد
على عدم المساس بالإذاعات الأخرى.
أخبرتها أنني أتفهّم الأمر، ولو كنتُ أعرف أنها تُسجّل لما قلتُ
تلك الجملة، ليس خوفًا، ولكن تفهُّمًا لسياسة إذاعتها.
صمتتْ قليلا، ثم أخبرتني أنها ستحذف أيضًا آخر كلام قلتُهُ،
فهززتُ رأسي موافقًا، وكأنها تراني.
طلبتْ منّي أن أخبرها إن كنت على استعداد للمشاركة.
باختصار، وافقتُ، لأنني اكتشفتُ أن الكُتّاب والكاتبات، الذين
يدْعون للجرأة في الكتابة، وتحطيم الأشكال، والتمرّد، هم أكثر الناس

خجلا، إذ لم أسمع واحدًا منهم يغني، ولم أر واحدًا يرقص!

- هل أسألكَ عن مهنتكَ، ما دام اسمكَ سيبقى سرًّا؟

- كاتب.

- عظيم، إنها المرة الأولى التي سينطلق فيها صوت كاتب عبر أثير برنامجنا.

- المرّة الأولى؟

- أجل، إنها المرة الأولى، لقد سبَق وأن شارك في الغناء حدّادون ونجارون، ومعلمون ومعلمات، ومحامون ومحاميات، وعمّال بناء، ومهندسون ومهندسات، وحفّارو قبور، وهذه المرة الأولى التي سنسمع فيها أغنية من حنجرة كاتب.

- هل يمكن أن أغنّي مقطعًا من أغنية "علّي صوتك"؟

- أجمل خيار، إذ لم يسبق لأحد أن غنّى هذه الأغنية معنا، هذا تكريم للبرنامج من كاتب كبير!

تنحنحتُ قليلا، وسألتُها عن تردُّد بثّ إذاعتها، ولحسن الحظ أحببتُ رقم ترددّه، ثم طلبتُ منها دقيقتين لأُجهِّز صوتي، وتظارفتُ فقلت: هذا لأنني لم أغنّ منذ الأول الابتدائي!

***

- هل أنت جاهز الآن تمامًا؟

- أنا جاهز، هل تسجّلون؟

- التسجيل متواصل، لحظات الصمت هذه مهمة للبرنامج، مع أنها لن تكون طويلة عند البثّ.

***

صبيحة اليوم التالي، وقبل الموعد المحدّد لإذاعة البرنامج، جلستُ

وأجلستُ أمّي بجانبي، كان الصمتُ مثاليًا لأي مُغنٍّ في العالم، صمت عميق لا تليق به أغنية، كما تليق به الأغنية التي اخترتُها.

استمعتْ أمّي للحوار الذي سبق الغناء وهي تهزّ رأسها، بعد أن ألقتْ نظرة مباشرة إليّ تُعلن فيها أنها عرفتْني!

غنّيتُ، وللحقّ أنني فوجئت بصوتي، كان جميلا؛ لا أعرف إن كانوا قد استخدموا تقنياتِ هندسة الصوت، كما يفعلون مع المغنّين والمغنيات المحترفين والمحترفات، أم أنّهم تركوه كما هو، إذ إنني نادرًا ما سمعتُه مُحلِّقا في أغنية.

تأكّد لي أن صوتي جميل بعد أن غنّت فتاة، بعدي، مقطعًا من أغنية لأم كلثوم يقول:

صعبان علي جفاك.. بعد اللي شفته في حبّك

مش قادر أنسى رضاك.. أيام ودادك وقربك

لكن أعمل إيه؟

لكن أعمل إيه؟

مَن استمع بحواسّه للأغنية أدرك أن تلك الفتاة انهارت، وأن موجة بكاء جرفتْها، لكن المونتاج عمل المستحيل لإخفاء انهيارها.

ثم غنّى بعدها رجل وثلاث بنات.

أمّي أعلنتْ، بعد انتهاء البرنامج، أنني مفاجأة، وأفضَل مَن غنّى في الحلقة، وأنها ستتابع حلقة الغد لتتأكد أكثر، وطلبتْ منّي أن أغنّي لها الأغنية مرة أخرى، فتورّد وجهي خجلا، فقالت شبه غاضبة:

- يعني بتغنّي لكل خلق الله وتحمرّ قدّامي؟!

تنحنحتُ، مضطرًّا، وغنّيتُ.

راقبتُها تهزّ رأسها، مُغمِضَة عينيها، إلى أن انتهيتُ.
- يا ريتك غنّيت هيك في الإذاعة، صوتك معي أحلى!

فاجأتني أمّي ذات مساء بأنها تريد أن تتريّض معي، لتشجّعني، بعد أن لاحظتُ أنني لم أغادر البيت منذ عدة أيام.

فهمتُ أنها باتت متشوّقة لمتابعةِ حلقاتِ الموسم الثاني من "كلب الدوّار" التي انقطعتْ فجأةً، حيث يوجد، مباشرةً!

لم أمانع، إذ طالما رجوْتها أن "تُحرِّك رجْليها" بالسير خارج البيت.

***

أمّي خشيتْ رياضة المشي أكثر مما خشيتُها، هي التي توقّعتُ، لا بدَّ، ما يمكن أن تتهامس به الجارات لو رأينها تتريّض: "عليها أن تحافظ على ما بقيَ لها من قوة لترعى ابنها، لا لتُبدد آخر أنفاسها في المشي!" أو "وهل تتوقّع اللحاق بعريس بمشيتها السّريعة هذه؟!" أو "بعد ما شاب ودّوه للكُتّاب!" أو تبالغ واحدة أخرى، صفيقة، فتقول: "هذه العجوز لا تعرف أن طريق المقبرة في الاتّجاه المعاكس!"

كل هذا كان يدور في رأسي، ولعله دار في رأس أمّي، لكنها أصرّت على مُرافقتي.

قبل أن نقطع الشارع العريض الفاصل بين حيّنا المتواضع وذلك الحي الغنيّ الذي لجأ إليه كلب الدوّار، بدأتْ تلهث، وقفتْ، وتأملتِ الجهة الأخرى بصمت طال، كما أفعل عادة قبل الشروع في كتابة قصة جديدة، وقالت لي: حدودي هنا!

عبثًا ذهبتْ محاولتي لإقناعها؛ بأننا أوشكْنا أن نصِل، رفضتْ،

107

وكرّرتُ: قلتُ لكَ، حدودي هنا.

- سأوصِلكِ وأعود إذن.

- اطمئن، لن أضيع، لقد ضعتُ بها فيه الكفاية خلال أيام عمري الماضية، بحيث بتُّ أعرف طريق البيت، إن كان للبيت طريق، وحدي، أما طريق المقبرة، فكما تعرف، لستُ مضطرّة لأن أعرفه، لأن من سيحملونني إلى هناك يعرفونه!

موجة الكآبة التي هبطتْ عليها أخافتْني، لكنني لم أجرؤ على العودة معها، لئلا أُغضبها، فقد عرفتُ دائما معنى رغبتها في أن تكون وحدها.

واصلتُ طريقي وأنا أتلفَّتُ خلْفي، إلى أن اختفتْ، وكلّي أمل أن أعود إليها بأحداثٍ مثيرة للحلقة الجديدة من مسلسلنا الخاص.

مهما اختلف مستوى وعينا، وطبيعة حياتنا، حضيض فقرنا أو فُحش غِنانا، يبدو أننا دائمًا بحاجة لحكاية ينجو فيها البطل، لإدراكنا العميق أننا هالكون..

لم أجد الكلب هناك! وجدتُ ثلاث قطط تتقلَّب بسعادة في منتصف الدَّوّار! ألقيتُ نظرة إلى الشوارع الأربعة المتفرّعة منه، أو لعلّها الهاربة منه، فلم أرَه. أربكني الأمر، فما الذي يمكن أن أقوله لأمّي عن ثلاث قطط جلست تأكل طعام الكلب بسعادة، وتشرب من علبة مائه، العلبة التي لا بدّ أن صاحب كلب بقلبٍ أحضرها؟!

لم أفقد الأمل في العثور على الكلب؛ وكمُ أحسستُ بالسّعادة حينما أثبتَ الأمل قوةً غير معهودة، حين رأيته في البعيد يتبع سيدةً وكلبها الأبيض الصغير، ويتقافزان: الكلب الصغير داخل طوْقه الذي ينتهي بحبل جلدي في يد صاحبته، وعزيزنا في حلْقة ذلك الفرح الذي ينعَم به.

تعمَّدتُ السير ببطء لأحفظ التفاصيل بكل دقّتها.

فجأة، رأيتُ صاحبة الكلب تتوقَّف، وتطلب من عزيزنا العودة إلى الدُّوّار مستخدمة سبابة يدها اليسرى بحزم.

- خلاص، لعبنا كفاية، على بيتكَ! الآن.

فهِم عزيزنا الأمر، فتوقَّف. أدركتُ أنه تعلَّم ذلك يومًا بعد يوم، إلى أن حفظه عن ظهر قلب، ربما الأدقّ عن ظهْر كلب.

ابتعدتْ تلك المرأة وكلبُها، أما ما حيرني فهو أن ذلك الصغير المُرفَّه لم ينظر خلفه لإلقاء، ولو نظرة واحدة على عزيزنا، كما لو أنه تعلَّم أن أمرًا كهذا ممنوع، أيضًا. في حين كان وجه عزيزنا يتّجه مرّة إلى حيث الدُّوَار، في أول الشارع، ومرّة إلى حيث الكلب الأبيض الصغير.

وكما لو أنه حسم ترددُّهَ راح يعدو محاولا اللحاق بهما، في اللحظة التي أخرجتْ فيها المرأة مفاتيح بوابة بيتها العريضة العالية لتدخل. تحرَّكتْ يدها بحزم أكبر، وبرَقَتْ عيناها..

هوى قلبي، فوجدتُ نفسي أستدير عائدًا، فزعًا مما سأشاهده!

لم يكن لديَّ الكثير لأفعله في وقت أوسع من بحر! انحسرتْ مشاعري وتفكيري، كتابيًّا، في إضافة بند أو بندين، كلَّ يوم، لملحق حقوق الإنسان وبقية الكائنات. وفكّرتُ فيما إذا كان يحقّ لي أن أُدرج بند الحقّ في الغناء على الأثير، الذي تحدَّثتُ عنه المذيعة، في الملحق، أم أن عليَّ طلَبَ إذْنها، أم أعيد الصياغة، تأثّرًا بها، لأن لكلِّ إنسان الحقّ في أن يتأثر بما يسمع ويقرأ ويرى، بمقادير يحدّدها عن وعْي أو دون وعْي، فالتأثّر في الحقيقة حقّ من حقوق الطبيعة والآخرين علينا؛ فحقّ الطبيعة مثلا أن نتأثر بالشمس حين تكون مشرقة، وبالنسيم حين تُرسله إلينا، وبالبرد في الشتاء، وهكذا.. ومن حقّ الكُتّاب والمغنّين والفلاسفة والسياسيين أن تصل أغنياتهم وكلماتهم وأفكارهم إلى آذاننا، ونتأثر بها، سلبًا أو إيجابًا.

كتبتُ: لكلِّ إنسان الحقّ في أن يُغني متى شاء، لمن شاء، في أيّ مكان شاء، وكيفما شاء، وعبر أيّ وسيلة شاء، وبأيّ طبقة شاء، إن شاء، كما أن من حقّ الآخرين، إن شاؤوا، إقفال الميكرفون، أو قطع الكهرباء عنه، أو إقفال الراديو والتلفزيون، أو أيّ وسيلة تواصُل، إن لم يُعجبهم غناؤه.

✳✳✳

سمعتُ رنين هاتفي المحمول، الذي لم أعد أسمعه إلا نادرًا. التفتُّ حولي باحثًا عن صاحب الهاتف لأطلب منه أن يجيب!

113

تذكرتُ أنه هاتفي!

وقفتُ، سرتُ نحو الطاولة التي وضعنا عليها التلفزيون؛ صُعِقتُ، كان الاتصال من مُعجبتي الرّهيفة التي اختفتْ منذ أشهر!

- ألو!

- أقسِم أنني لم أسمع صوتًا بهذه الرَّوعة مثل صوتكَ من قبل!

ارتبكتُ:

- ماذا؟! هل يمكنكِ أن توضِّحي؟

- لقد أضاء الجهات الأربع!

- ولكن، ولكن كيف عرفتِ؟

- سمعتُ إعادة للحلقة، فدفعني فضولي للبحث عن سرِّ هذا الصوت. غُصتُ في داخلي عميقًا، وحين خرجتُ، تأكّد لي أنكَ أنت! حتى الآن لم أصدّق، مع أنني أعدتُ سماع غنائك، على موقع الإذاعة، عشر مرات على الأقل! سأهاتفكَ فيها بعد لنتحدث أكثر. تشاوووو!

❊❊❊

على مستوى الحلم، أحسستُ برفاهية لم ينْعم بها مديري في ماضيه، فها هو غنائي يعيد فتْح الطريق المُغْلق إليها، ويدفعها لمكالمتي، ها هو يفعل ما لم تستطع فِعله قصّة "المربع"، التي لم تُفضِّلها، حتى لا أقول لم تُحبّها! في ذلك اللقاء الذي جمعنا فيه نادي القارئات.

ما حيرني، هو كيف انتشر أمرُ غنائي، ومَن ذلك الذي سرّب اسمي إلى مجتمع الأصدقاء، فتلقيتُ مكالمات كثيرة ممن لم أرهم منذ زمن طويل، يُشيدون بما سمعوه منّي، وكيف أن غنائي منحهم أملا كانوا في أمسِّ الحاجة إليه! ومِن بين هؤلاء الرهيفة، وهي امرأة متزوّجة أُعجبتْ بي، وللحقّ، أُعجبتُ بها كثيرًا، ولكن كوْنها امرأة

114

متزوجة حال دون تقدّمي نحوها.

معها، أحسستُ أنني موثق اليدين والقدمين والشّفتين.

اتصلتْ بي ثانية بعد أقلّ من ساعة، وقالت لي إنها نسيت أن تخبرني إنها كانت تعتقد أنها نسيتْني تمامًا، بعد أن (أطلقتُ سراحها) حسب تعبيرها، ولكن استماعها لهذه الأغنية أيقظ فيها ذكريات لا تُنسى، وبعد صمت فاجأتني، إذ طلبتْ مني أن أعيدها إلى تفكيري!

كانت قصّتي معها للحقّ غريبة، إذ إنها بعد لقاء نادي القارئات قررتُ أنها لن تقرأ لي أيّ شيء، لأنها لم تحبّ، أبدًا، قصة المربّع التي ذهب نصف وقت اللقاء في الحديث عنها، لكنها وجدتْ نفسها، رغمًا عنها، تقرأ مجموعتين قصصيتين لي، باتت بعدهما تؤمن بقدراتي الاستشرافيّة، وما كان ينقصها سوى أن تقرأ قصة "السّاعة"، حتى تقع في أسْر سِحْرٍ ما، أمارسه للسيطرة عليها. كان بطل القصة يرى الساعة ويعرف الوقت بدقّة شديدة دون أن يفتح عينيه، قبيل استيقاظه صباحًا أو بعد غفوته ظُهرًا، أو مشاركته في اجتماع، أو اقتراب موعد! لم يكن بحاجة للساعة أبدًا، ولكنه كان بحاجة لأن يطمئن لقدرته على أن يعرف الوقت دون أن ينظر إليها، ولهذا لم يتخلَّ عنها.

أعترف أنني استعنتُ بخبرتي في هذا المجال حين كتبتُ هذه القصة، بحيث يمكنني القول إنني صدّقتُ بطلها أيضًا.

تلك المعجبة الرَّهيفة كريشة أوز هاربة من ثقب في مخدّة وثيرة، راحت، فجأةً، ترى اسمي في كلّ مكان، هي التي لم يسبق لها أن رأته من قبل. كان أول حادث أثناء وجودها مع زوجها في الطائرة، مسافرَيْن إلى تركيا، ربيع 2019، إذ ارتبكتْ بشدّة عندما تقدّم مضيف الطائرة نحوها مبتسما في مقصورة الدرجة الأولى، قبل إقلاع الطائرة، ليسألها عمّا تريد أن تشرب.

مع انحناءته الخفيفة، قرأتْ اسمه على صدره؛ كان اسمي الأول.

ارتبكتْ، كما اخبرتني، وكأنه جالس بجانبها يلاطفها، في اللحظة التي دخل فيها زوجها المسافر، مصادفة، على الرحلة نفسها!

بعد وصولها إلى "اسطنبول"، كانت في الليموزين التي تقلّها وزوجها إلى الفندق تفكّر في المصادفة التي أرّقتها، وأبقتْها محرجة، طوال الرّحلة، وزاد الأمر تعقيدًا حرص المضيف على أن يكون أرق مما يجب، في تلك المقصورة التي يتحوّل فيها اللطفُ إلى عمل.

لم يكن ينقصها سوى أن تُلقي نظرة على أعلى إحدى البنايات العملاقة، لتلمح اسمي هناك.

ذُهِلتْ.

في اسطنبول نفسها، وفي مساء يومهما الأول، أبصرا رجلا جالسًا مع عائلته في أحد المطاعم الفخمة يلوّح لهما ما إن دخلا ، مشيرًا لهما أن ينضمّا إلى أسرته. نظرتْ إلى زوجها، سألته: "من هذا؟"، "إنه واحد من أعزّ أصدقائي في الجامعة، تونسي لم أره من سنوات طويلة جدًّا"، ونطق اسمه، فقالت برجاء: "أرجوك، هذه رحلتنا، لنجلس وحدنا"، لكنه، سبقها إلى تلك الطاولة.

- كان رجلا لطيفًا علي أيّ حال، وبخاصة تعامله مع زوجته.

سألتُها: "ماذا تعنين؟" فأخبرتْني أنه، على الأقل يعرف اسم تلك الزَّوجة! وبكت وهي تخبرني كيف يُحرجها زوجها كثيرًا حينما يقدّمها لشخص ما، في سهرة: "منال زوجتي، حنين زوجتي، سلمى زوجتي، وهكذا. مائة مرّة، على الأقل، نسيَ اسمي"!

قالت لي: ذات ليلة كنا مدعوَّين إلى عشاء، جلست بجانبه امرأة أجنبية، مال نحوها وبدأ يحدّثها، كانت إلى يمينه، وكنتُ إلى يساره. بعد قليل رأيته ممسكًا يدها، يداعبها، صُعقتُ. صاحب الدعوة قال

بابتهاج: "سهرة كهذه تستحقُّ صورة تذكارية"، فمال كلّ رجل نحو زوجته استعدادًا لالتقاط الصورة، أما هو، فوضع ذراعه على كتف تلك المرأة، محتضنًا لها ومبتسمًا للكاميرا.

طوال أسبوع، كلما تحدث معي، كان يناديني باسمها.

رغم ذلك كلّه، أخبرتْني أنها لم تفكّر في اللقاء معي أبدًا، وسألتْني:

– أتعرف لماذا؟

– لماذا؟

– لأنني أخاف منكَ!

في طريق العودة تكررتِ المفاجأة؛ استقبلهما المضيف نفسه أمام بوابة الطائرة، ومارس لُطفًا مُضاعفًا.

بعد يومين كانت تسير في أحد شوارع العاصمة هنا، رأتْ محلَّ تصليح ساعات يحمل اسمي، عيادة طبيب، مطعمًا شعبيًّا! بدأت تشعر بصداع شديد، دخلتْ صيدلية، طلبتْ دواء، أيَّ دواءٍ للصداع، من الفتاة التي تجلس خلف الكاونتر، بحثتِ الفتاةُ في الرّفّ الزجاجي، لم تجد الدّواء فنادت بصوت مرتفع: دكتور فريد ألم يبقَ لدينا بنادول إكسترا!

خرجتْ هاربة من الصيدلية قبل أن تسمع الجواب.

عانتْ كثيرًا، وحلمتْ بي أكثر من مرّة.

- أنت لا تعرف، لم يسبق أن حدث هذا معي من قبل!

قررتْ أن تتصل بي، ولم يكن ذلك صعبًا.

طلبتْ مني برجاء أن أتركها، أن أحرِّرها، لأنها لم تعد تحتمل، وبعد حديث تجاوز طوله نصف ساعة، هدأتْ وسألتْني عن كتاباتي، وهل هناك قصص جديدة، وماذا أعمل هذه الأيام؟ أجبتها عن كل أسئلتها، فسألتْني إن كنتُ سأذهب لافتتاح معرض فنّي ذلك المساء، في صالة شهيرة، فأخبرتها أنني سأفعل ذلك، "لن أؤخِّركَ"، قالتْ لي، وودّعتْني.

✳✳✳

بعد وصولي إلى تلك القاعة بخمس دقائق رأيتُها تدخل! جميلة كما لم أرها من قبل، راحت تتجوّل بين الجمهور بعنق مشدود وقامة مثله.

كلّما نظرتُ نحوها وجدتُها تختلس النظر إليّ.

.. واختفتْ.

.. ولأن الندوات والمحاضرات كانت أكثر من عدد الأيام بكثير، قبل زمن كورونا، بدأتْ تتردّد على قاعات الندوات بعد أن تتأكد، منّي، أنني ذاهب إلى هناك.

لم تكن تتكلّم معي.

بعد أسابيع من تلك البداية الجديدة معها، أخبرتها عن نبتةِ زنبق لديّ ماتتْ منذ عامين، وفجأة بدأتْ تورق من جديد، فطلبتْ منّي أن أُصوّرها وأُرسل الصورة لها، وأكدتُ أنا في الانتظار!

وضعتُ نبتة الزّنبق على حافة شباك مكتبنا العقاريّ والتقطتُ لها صورة، أرسلتُها عبر الواتساب. بعد نصف ساعة اتصلتْ بي وقالت: هل تسمح لي أن أزوركَ في المكتب؟

- بالتأكيد، متى تحبين؟

- الآن.

- ماذا تعنين بـ"الآن"؟!

- أظن أنني أمام العمارة التي يقع فيها مكتبكم.

فتحتُ الشباك ونظرتُ، وهناك رأيتُها في سيارتها!

***

سألتها "كيف وصلتِ؟" فقالت لي ضاحكة: "بسهولة! فالعنوان واضح في الصورة"، سرتُ إلى النافذة، نظرتُ إلى الخارج، كان اسم

مؤسسة رسمية واضحًا على الجهة المقابلة.

(هذا ما دفعني للبحث عن أيّ عنوان يمكن أن يشير إلى مكان بيت مُعجبتي الجديدة، كما ترون.)

حين عثرتْ عيناها على ما جاءت باحثةً عنه، لتتأكد من وجوده، صرخت: "مش معقول!"

لا أستطيع في الحقيقة إلا أن أكون مع دهشتها، لأنني، نفسيَ، لم أصدِّق ما حصل مع النّبتة. لعلني كنت سأصدِّق لو أنها اخضرّت وتبرعمت بعد عام، في الموسم التالي لجفافها، أما بعد عامين فذلك حيرني.

كنت مستاء في أعماق نفسي أن معجبتي المربّعة لم تزل خفيّة، وأن الدائرية، وأعني ما أقول، واضحة لي! فقد كان أسوأ ما في الأخيرة، دائمًا، صعوبة الإحاطة بها، ببساطة لعدم وجود نقطة تجعلك تقول، حين تضع يدك عليها، هذه هي البداية، كما لا توجد نقطة تجعلك تقول: هذه هي النهاية.

سأوضح ذلك أكثر..

تكررتْ زياراتها، التي عرفتُ فيها الكثير عنها.

في كلِّ مرة جاءت فيها انهارت بكاء، ولكن، لحسن الحظّ، كان مديري نادرًا ما يحضر، إذ يكتفي باتصالات الناس به مباشرة، وباتصاله بي ليسأل إن كان ثمة أمل! كما تكرّرتْ لقاءاتنا الصامتة، في أمسية شعرية، موسيقية، توقيع مجموعة قصصية، أو كتاب، إذ لم أكن أذهب إلى النشاطات التي يقيمها روائيون! فأغلبهم، ولا أحبّ أن أُعمّم هنا، متنمّرون، يتعاملون مع كتّاب القصة القصيرة كأنهم عمّال مياومات، وهم أصحاب المشاريع الكبرى، كبار الأغنياء! أما كثير من أولئك الذين حالفهم الحظُّ، ونجحتْ روايتهم الأولى أو الثانية، فإنهم يتصرّفون بكل همجيّة الأغنياء الجُدُد!

***

في كلّ مرّة التقينا فيها، وهي القادمة إليّ على قدميها، كما يُقال! طلبتْ مني برجاء أن أُطلق سراحها، لأنني مستحوذٌ عليها. كنتُ أفعل، ولكنها تعود بعد أيام لتقول لي: "أنتَ لم تزل متمسِّكًا بي".

دعوني أعترف أن لكل كاتب قصّة قصيرة الحقَّ في أن يكون أنانيًّا إذا عثر على مُعجبة، فهذا أمر نادر! حتى أنني وبلا أيِّ شكل من أشكال تأنيب الضمير أقول: يحقّ لكل كاتب قصة قصيرة أن لا يُفرِّط بأي معجبة، مهما كان السبب.

رغم ذلك، في إحدى المرات، جاءت، لم أفتح لها الباب، اتصلتْ

من الشارع، من تحت شباك المكتب، رجوتُها أن تساعدني لأستطيع مساعدتها: "أؤكد لكِ أنكِ ستنسينني تمامًا"، ولكي أُقنعها أكثر، أخبرتُها: "في الليلة الماضية استجمعتُ كلَّ قواي وحرَّرتُكِ".

انتظرتُ أن تتصل بي، بعد يوم أو يومين، لم تفعل. بعد أسبوع أرسلت إليَّ رسالة تشكرني فيها، لأنها باتت شبه متأكِّدة من أنها تحسَّنتْ، بدليل أنها ما زالت تفكِّر بي، لكنها لم تعد تفكِّر في القدوم للقائي.

ارتاح ضميري.

سألتها عن معاملة زوجها لها، فقالت: "إنها أسوأ".

فتعذَّب ضميري.

❈❈❈

- لم أقل كل شيء في نادي القارئات عن قصّتكَ، لأنني لم أكن أريد أن أكون عدائية، في الحقيقة كرهتُها، هل تعرف لماذا؟

- لو سألتِني هذا السؤال قبل أن نلتقي على انفراد لما عرفتُ، ولكنني الآن أعرف.

- وما الذي تعرفه؟!

في ذلك اليوم، أصبحتُ قاسيًا فجأة:

- أنتِ تعيشين في دائرة، وفي الدوائر ليست هناك حتى زوايا يمكننا اللجوء إليها، وللأسف لم تكرهي قصّة المربع وحسب، بل حوَّلتِ صاحبها إلى دائرة ثانية.

- ماذا تعني؟

- لقد درتِ حولنا، أعني حولي وحولكِ دون أن تتجرئي على فعل أكثر من هذا. أظن أن الدائرة قدرُكِ.

123

٭٭٭

في فترات متباعدة أرسلتْ إليَّ ورودًا افتراضية حُمرًا، وأشياء طريفة، بل مُضحكة، وسجّلت مقاطع من قصصي بصوتها وأرفقتها بموسيقى جميلة، لتُقنعني أننا -أنا وهي- هكذا أفضل، ووضعها أفضل، لكن وضعي في الحقيقة كان يسوء، لأنني كنت معجبًا بها وبدورانها حولي في المعارض وبعد انتهاء الندوات، رغم أن أيّ علاقة معها بدت لي مستحيلة، لا بسبب زواجها فحسب، بل بسبب مبدأ الدائرة الذي تحدثتُ عنه بإسهاب، واختتِمهُ، أيّ حديثي، بمعاني الدائرة لغويًّا، ومنها:

○ دارَ / دارَ بـ / دارَ على يَدُور، دُرْ، دَوْرًا ودَوَرانًا، فهو دائر.

○ دار: طافَ حول الشيء.

○ دَارَتْ عَلَيْهِ الدَّوائرُ: حَلَّتْ بِهِ، أَلَمَّتْ بِهِ، نَزَلَتْ بِهِ.

○ دَارَ بِهِ: أَدَارَهُ.

○ دار الشَّيءُ: تواترتْ حركاتُه بعضُها في إثر بعض، تحوَّل وتحرَّك دون استقرار!

○ دارَ الزَّمان: تقلَّبَ!

○ دارَت به الأرضُ: فقدَ السَّيطرة على نفسه!

○ دارَت رحى الحرب: اشتعلتْ واشتدَّت!

○ دارَ رأسُه: أصابته دَوْخَةٌ!

○ دارَ في الكلام: لَمح وعرَّض!

○ دارَ في حلقة مفرغة: لم يخرج بنتيجة، عَمِل عملاً دون فائدة!

○ دار الشَّخصُ: تحرَّك وعاد إلى حيث كان أو إلى ما كان عليه!

124

○ دارَ الدَّهْرُ دوْرته: عاد الوضع إلى ما كان عليه!

.. وكلّ هذه المعاني تنطبق عليها للأسف الشديد، وللحقّ أنها لم تخطر ببالي وأنا أحدِّثها عن قصتي "المربع"، ولعلها لو خطرتْ لما تجرأتُ وقلتُ لها ذلك الكلام القاسي.

***

عادت للظهور ثانية، هاتفيًّا، بعد سماعها لصوتي عبر الأثير، كما أشرتُ، مع اشتداد موجة كورونا، وكأننا نواصل حديثًا انقطع قبل لحظات:

- "إذا قررتَ الغناء، سأحضرُ كل حفلاتك!" قالت لي بسعادة وفرح شديدين، فرأيت وجهها مضيئًا ببراءته، وكأنها أمامي.

- اطمئني، هذه أول حفلاتي وآخرها.

- سؤال، سؤال واحد: هل يمكن أن تعدني بأنكَ ستغني لي شخصيًّا، حفلةً خاصة يعني، إذا خرجنا سالِمَين من هذا الوباء؟

- هل تعتقدين أن الناجين منه سينجون فعلا؟!

- ها أنت تعيدنا إلى مربّعك!

- وها أنتِ تُصرّين على أن أكون معكِ في الدائرة. على أي حال لكلّ نجاة مقال!

***

لقد تساءلتُ مرات كثيرة: لو حدث أن أحبّتْ قصة المربّع، هل كنتُ سأذهب أبعد في اتجاهها، غير معنيٍّ بمسألة زواجها؟ ربما! بخاصة أن استمرار الاستحواذ عليها كان ممكنًا، ما دمتُ قادرًا عليه!

تقدم الشتاء، مودِّعًا، وأنا أتساءل ما الذي فعله ذلك الشتاء البارد الطويل بكلب الدُّوَّار، في الوقت الذي رحتُ أراقب فيه لهفة العالم للصيف؛ لا أظنّ أن العالم انتظر الصيف كما انتظره عام 2020، لكن البشر لم يتعلّموا، بعْدُ، أن ما تخذله يخذلكَ؛ وأنا واحد ممن يمنحون الأرض الحقّ، كل الحقّ، للتعامل معنا كما تعاملنا معها، ولعلّها تذوّقتْ، وكائناتها الأخرى، حلاوة الانتقام لأول مرّة، حينما راحت الحيوانات، خلال حظر التّجوال، تتهادى في الشوارع بحُريّة، والطيور تبني أعشاشها في كل مكان صالح داخل منازلنا وخارجها، وعلى هياكل السيارات من كل نوع وحجم ومستوى.

لا أريد أن أتمادى، فعدد الأفلام التي انتشرت حول هذه المسألة، لا حصر له، هذا إضافة إلى أعيننا التي تحوّلت إلى كاميرات حيّة تلتقط أدقّ ما أمامها من مظاهر، بحيث انطبق على البشر ذلك القول العظيم: "الناس نيام فإذا ماتوا انتبهوا"، وإن كان بعض التغيير أصابه، فأصبح: "الناس نيام فإذا خافوا انتبهوا".

بدأ الناس يتلهّفون ليوم يُرفع الحجْر فيه، متطلّعين للحظة الخروج من مربّعاتهم، التي لها الفضل الأول في نجاتهم، لكي يواصلوا دورانهم القاتل في الشوارع والأسواق وحلقات اللقاء المملّة المُستعادة.

بالنسبة إليَّ؛ أقسى كارثة أصابتْني هي تلك التي حملتْها مكالمة من صاحب مكتب العقارات، ينبئني فيها، بلا مقدمات، أن "سِيسْتِم"

العمل سيتغيَّر، سيغدو "أون لاين"، وأن الرّاتب فكرةٌ عفا عليها الزمن، وأن الحداثة تُحتِّم علينا الوصول إلى حلول جديدة، لكي نكون صالحين للمستقبل!

بالمناسبة لا أعرف لماذا يستخدم هؤلاء لغة ثانية، غير العربية كلما تحدّثوا عن أمر سيء، أو احتاجوا لكلمات رزيلة؟ هل لأنهم، يشعرون أنهم يحرَّرون، أو يبرئون أنفسهم من سوء ما يقولون ومن الرزالة؟ لا أعرف!

سألتُه عما يعنيه بكلامه عن الـ "سِيسْتِم" والـ "أونْ لاين"، فسألني هل تدفع لكَ الصُّحف والمجلات مكافأة عن قصَّة لم تكتبها بعد، أم بعد أن تكتبها وتنشرها؟

- "فهمتُ"، أجبته.

إلّا أنّه أصرّ على أن يشرح لي بعد لفٍّ طويل، ودوران، "أن البيت الذي سأبيعه مستقبلا، هو وحده الذي سأنال عمولة عنه، وأن الرّاتب كان في (الماضي) بمثابة الحصول على نقود، عن مبنى يمكن أن يُباع رغم أن المالك لم يشترِ الأرضَ التي سيبنيه عليها، بعد!"

مكالمته ألقتْني في دائرة واسعة، لكنني وجدتُ نفسي أتّصل به بعد أيام، وأسأله عما سيحدث للمكتب، فأجاب "سأُخْليْه غدًا"، فاستأذنتُه أن أمرَّ، مرةً أخيرة، لآخذ بعض الأشياء الخاصة، مع أنني أعني شيئًا واحدًا، لا أعرف لماذا لم أكن قادرًا على التّخلّي عنه، هو أصيص الزّنبق الذي مات من جديد، فتكاثر الورق الأصفر الميت المتدفّق منه مثل شلال جفاف.

الرّحلة إلى المكتب عنتْ شيئًا واحدًا، أن أقطع ثمانية كيلومترات، ذهابًا، وأخرى إيابًا، سيرًا على الأقدام.

"لماذا فعلتُ ذلك؟" أعني إحضار الأصيص. في الحقيقة لا أعرف! ولكي لا يبدو الأمر هنا إدانة للنّفس، يمكن أن أقول: لكلّ إنسان الحق في أن لا يعرف، ولكن ليس لديه الحقّ في أن يتجاهل أنه يعرف إذا كان يعرف.

"هل أتفاءل بحيث أسألكَ: هل هناك مربعات جديدة في الطريق إلينا كقارئات وقرّاء؟"

قرأتُ تلك الرسالة قبل أن أنام بقليل، ولذا لم أستطع في الصباح أن أتأكد إن كنتُ قرأتها فعلًا أم أنني حلمتُ بها.

فتحتُ الماسنجر، كانت المفاجأة كبيرة، إذ إن السؤال الذي كنت أعتقد أنه قادم من مُعجبتي، تبين أنه قادم من صديقتي الرّهيفة ابنة العقد الرّابع من عمرها!

"هذا آخر سؤال توقّعتُ أن يأتي منكِ"، كتبتُ لها، فكتبتْ بسرعة، "العالم تغيّر، ويتغيّر"، فأخبرتُها أنني بدأتُ بكتابة قصة عن روح المربّع، ولكن للأسف أخشى أنها تطول، وفي طريقها لأن تصبح نوفيلا، وإن سألتِ: ممَّ تخاف هذا الأيام؟ سأجيب: "إنني أخاف أن تتحوّل إلى رواية أكثر مما أخاف من الإصابة بالفيروس".

"رواية؟! هذا أكثر من خبر رائع، دائمًا كنت أحسُّ بأنك روائي مُضْمَر، فقصصكَ تقول أشياء أكثر من عشرات ضعفها! أمّا الفيروس، فما دمتَ غير مصاب به، فأنت بخير، وكتابتكَ للرواية خيرٌ على خير!"

حماستها المفرطة لوجود رواية، دفعتني رغمًا عني لأن أُذكّرها: "لم أنسَ أن لكِ موقفًا واضحًا من قصّة المربّع!"

"من يعرف، ربما يكون مربعكَ هذه المرّة مختلفًا، فأُحبّه!"

أوشكت أن أكتب لها: "أي أن يكون دائرة؟"، لكنني عدلتُ عن ذلك، وشكرتها على اهتمامها الذي تجدّد بعد أن سمعتْني أغنّي في الإذاعة، مع أنني لا أعرف كيف عرفتْ صوتي من بين كل تلك الأصوات بعد إضافة المحسنات الهندسية الصوتية اللازمة، من تنقية وتفخيم، وصدى خفيف، بحيث بدت الأغنية وكأنها تتردّد بين الأزل والأبد لتطمئننا: "لسّه الأغاني مُمكنة.. مُمكنة".

✳✳✳

في ذلك اليوم قلت لنفسي: لكلِّ إنسان الحقّ في أن تحبّه امرأة غير أُمّه، ويحبها، لأن من يقول إنه مُكتفٍ بحبِّ أمّه له، لا يمكن أن يكون أقلَّ من مجنون!

قررتُ أن أذهب إلى المكتب لأُحضر أصيص الزّنبق.

رحلة طويلة وشاقة تلك التي قمتُ بها للوصول إلى شلال الجفاف، الذي أعادت له مكانته السابقة عودةُ الرّهيفة.

شهور طويلة مرّت على آخر لقاء جمعني بها.

في منتصف الطريق إلى المكتب، توقّفتُ، وسألتُ نفسي سؤالا مفاجئًا، وفي ظنّي أن لكل إنسان الحقّ في أن يقف فجأة ويسأل نفسه سؤالا مفاجئًا: "هل نسيتَ أيّ دائرة جهنمية تلك التي تدور فيها تلك المرأة؟" لكنني حين أجبتُ بأنني "لم أنسَ"، وجدتُ نفسي أواصل الرّحلة بعناد عكس كل مبادئي، وقناعاتي، وأنا أتذكر عنوان ديوان إبراهيم نصر الله "الحبّ شرير"!

✳✳✳

لم يكن الجو حارًّا في أوائل شهر أيار، مايو، لكن الشمس بدت لي شرسة، وتسقط مباشرة في نواة الدّماغ.

130

بقارورة ماء استعنتُ على مشاق الرحلة، وبالتقاط كثير من الصّور لأزهار هاجتْ وتدفّقتْ شلالاتِ ألوان على أسوار بعض البيوت، لعدم القطف، وماجتْ بفعل هبّات الهواء الخفيفة، ولعل هذا ما يثبت قول كفافي العظيم في قصيدته عن الطريق، التي ترجمها رفعت سلام، عن إيثاكا، ومنها:

وأنتَ تنطلق إلى إيثاكا/ فلتأمل أن تكون رحلتكَ طويلة/ حافلة بالمغامرة، حافلة بالاكتشاف/ لا تخف من الليستريغونيات والسيكلوبات/ وبوسيدون الغاضب/ لن تجد شيئاً من ذلك في طريقك/ طالما احتفظتَ بأفكارك سامقة/ طالما مسّتْ روحك وجسدك الإثارة الرائعة/ .. فلتأمل أن تكون رحلتكَ طويلة/ ولعل صباحات الصيف تكون كثيرة/ ويا لها من متع، يا لها من بهجة/ .. لا تتعجّل الرّحلة أبدًا/ فالأفضل أن تستمرّ لأعوام طويلة/ حتى لو أدركتك الشيخوخة/ وأنت تصل إلى الجزيرة/ غنيّا بكل ما جنيته في الطريق/ دون انتظار أن تمنحك إيثاكا الغنى./ لقد منحتك إيثاكا الرحلة الرائعة/ فبدونها ما كان لك أن تبدأ الطريق.

. . . . . .

وها أنا أعيش تجربة أن زهور الطريق اليانعة لا تقلّ جمالًا عن أصيص الزنبق!

بعد تفكير عميق، قررتُ أن لا أرسل لها أي صورة من صور الأزهار التي التقطتها أثناء رحلتي، يكفي أنني بتّ أحسّ بشغف احتكاك دائرتها بأضلاع مربّعي.

برباطة جأش واصلتُ رحلتي، متأمّلا كلّ ما أراه، وواثقًا من أن إنقاذي لأصيص الزّنبق الجافّ، سيتركُ في نفسها أثرًا يفوق سِحْرَ سبْع حدائق مُعلَّقة.

ما أزعجني في تلك الرّحلة حقًّا، هو هروب الناس إلى الأرصفة المقابلة قبل وصولهم إليّ بثلاثين أو أربعين أو خمسين مترًا، كما لو أنني حامل للفيروس، أو هارب من الحجْر الصّحي!

كان يمكن أن آخذ الأمر على محمَل شخصيّ، لولا أنني أعرف أن البشر في كل مكان لا بدّ يفعلون ذلك، كما لو أنهم أمضوا حياتهم مقتربين بحميميّة من الآخرين، ومُنِحوا، أخيرًا، العُذْر للابتعاد عنهم!

قد يسأل البعض: "أوَلم تفعل أنتَ ما فعلوه؟" وسأجيب: "قطعًا"، رغم إيماني الراسخ أن لكلِّ إنسان الحقّ في الدفاع عن حياته بالطريقة التي يراها مناسبة، على أن لا تكون الطريقة التي اختارها جارحة لمشاعر الآخرين.

حزينًا كان المكتب، وكلّ شيء فيه: صوَر القِلل الجميلة بنوافذها الكثيرة، طاولاته وأضابيره وخزائنه، ملفاته التي كان عليهم أن يسموها "مربّعاته" لأنها ليست دائرية! أو شبه دائرية ولا تلفُّ ولا تدور. لقد حرصتُ على أن أرى كل شيء في المكتب قبل أن أنظر إلى أصيص الزّنبق. لماذا فعلتُ ذلك؟ سأكرر: إنني لا أعرف.

رأيته في الزاوية هناك مثل قطٍّ جميل تُرك جائعًا عدة أسابيع، ورغم أنه ميّت، جافّ، أعني الأصيص وليس القطّ، إلا أن ثمة حياة فيه، لا يستطيع أحد أن ينفيها، ألم يجُع للخُضْرة، ألم يحتمل لكي يُقدّم لي معجزة التفتّح الجديد، ذات يوم، ليكون الطريق الذي تسلكه تلك المرأة الرّهيفة إلى حيث أنا، وكأنها تتبع الرّائحة الغافية في داخل الزنبقة، منذ أن غادرتْ عتبة بيتها؟!

فوجئتُ أن حجم الأصيص كان أكبر مما اعتقدتُ، كما أن نقله من مكان إلى مكان، دون إلحاق الضّرر بشلال جفافه أمرٌ صعب، مثل نقل لوحة فنية أو تمثال زجاجيّ من مكان إلى مكان في زمن حرب.

حَشْرُهُ في كيس بلاستيكي كان أمرًا مستحيلا؛ سيصل البيت وقد تحوّلتْ أوراقه الرّقيقة الجافة إلى ما يشبه الزّعتر المدقوق، أو الشّاي الذي باتوا يقدّمونه لنا في أكياس بائسة-تشبه ميداليات الشجاعة في الحروب- منذ زمن طويل!

درتُ في المكتب حائرًا، إلى أن دخلتُ المطبخ الذي استخدمناه

دائمًا مطبخًا ومخزنًا، فوقعتْ عيناي على كرتونة مثالية، أفرغتُها، توجَّهتُ إلى الأصيص، برفق رفعتُه، وضعتُه فيها، وثبّتُّ قاعدته من الجهات الأربع بجرائد ما قبل الحظْر، فقرأتُ عنوانًا عريضًا لترامب يقول فيه: إن أمريكا بعيدة عن خطر الوباء!

حشَرتُ الجريدة وعنوانها البارز في الكرتونة، حرّكتُها بلطف فتبين لي أن قاعدته ثابتة، وكنت أفكّر: في زمن الكوارث العامة، ينقسم الناس إلى أربعة أقسام: قسم يريد التهام كل شيء لينجو، وقسم يلقي بحمولة قلبه من الهموم على كتفَي الغيب، وقسم يحلم بحلم يتحقق بغضّ النّظر عن حجم الحلم، وقسم يبحث عن طريق النجاة.

لم يكن حولي إلا الصمت، ولكنني بعد صمت أعمق اكتشفتُ، أن الناس هم دائمًا هكذا، قبل الكوارث وبعدها. لكنني لم أكن أملك اليأس الكافي لأتساءل: هل الحياة كارثة، أم أن الناس يتعاملون معها هكذا بطبيعتهم، منذ وجودهم على سطح هذا الكوكب الصغير الجميل؟!

في طريق العودة كنتُ في مهبِّ أملَين، أولهما: أن يصل الأصيص سالمًا إلى البيت، وهذا أملٌ قلَّتْ أجنحتُه فزاد ارتفاعه، وهو الأمل المُمكن، أما الأمل الثاني، فهو: أن يورق الزّنبق ويتفتح من جديد، وهو أمل لم يبد لي مستحيلا ما دمت أحاول. غريب..

كان فيّ شيء من أهل القسم الثالث، وشيء من أهل القسم الرابع!

هل أنا قِسم خامس؟!

مُنهَكًا وصلتُ إلى البيت، وما إن وضعتُ قدمي على عتبته حتى دوّت صافرة بدء حظر التّجوال.

وجهًا لوجه رأيتُ أمي ممسكة بساعة الحائط، التي انتزعتْها من مكانها. نظرتْ إليَّ بعتب شديد وقالت: "الله يرضى عليك، شغلتُ بالي. هل أحضرتَ أوراقكَ الضرورية من المكتب واسترحت؟"

هززتُ رأسي وكلّي خوف من اكتشافها لسرِّ حمولتي الخفيّ!

بعد يومين من إحضار الأصيص، اتّصل بي مديري، صاحب المكتب، فتفاءلتُ، فهو واحد من الأشخاص القادرين على الإفلات حتى لو أن جيشًا بأكمله حاصره. أقول هذا بعد أن سمعتُ ما سمعتُ منه عن معاركه في الحياة ومعها. توقّعت أن يُخبرني أن الدلائل تشير إلى تراجع حدّة المرض في البلد-وهذا ما عرفناه جميعًا- وأنه سيعيد النظر في قرار "فصلي الجزئي"، ففي النهاية ستبقى المربعات بأهمية الخبز والماء، للبشر، مهما فقدت الأشياء الأخرى أهميّتها.

- ألو، مرحبا.

- أهلا، أهلا، كيف أنتَ؟

- أموري سيئة، ألم تلاحظ التّعب في صوتي؟!

- تبدو لي بحالة جيدة، وصوتكَ أيضًا!

- ليت الأمر كذلك للأسف. أتصلُ بكَ من المستشفى لأخبرك أنني أُصبت بالڤيروس، وأن حالتي سيئة للغاية، لكن ليس هذا سبب الاتصال!

- سلامتك، هذا خبر محزن، وهل هناك ما يمكن أن تخبرني به أهم من هذا؟

- أجل، هناك. هل تذكر اليوم الذي سألتني فيه عن الخواتم الثمانية، وعري إصبعَي الوسطيين؟ تذكر بالتأكيد! قلتُ لكَ أبقيتهما عاريين لأشهرهما في وجه الحياة التي خلْفي، وقد أشهرتهما، ألا تريد أن

تعرف لماذا لم أُكْسُهما بخاتمين بعد أن قاما بمهمتها تلك خير قيام؟

- لماذا؟

- لأنني كنت أريد أن أُشْهِرَهما في وجه الموت حينما يحين أجلي، ولكن تبيّن لي أن الموت أقلّ شجاعة من أن يواجهني، إذ لم يجد وسيلة يتسلّل بها إليّ إلا هذا الفيروس الضئيل الحقير. كنت أنتظر موتًا أرقى، أعظم، بعد أن عشتُ ما عشته، وقاتلته بشجاعة إلى أن أصبحتُ ما أنا عليه. أتعرف، لن أمنحه شرف إشهار حتى إصبع واحد في وجهه.

سمعتُ سُعالا، وحشرجات، فرجوته أن يستريح، وبدل أن يجيب أو يستجيب، سمعتُ الهاتف يسقط على الأرض.

مات،

وكم حزنتُ أنني لن أستطيع المشاركة في تشييعه.

أعترف أنني حزنتُ عليه كثيرًا، لكن ذلك لن يمنعني من أن أعترف الآن أنني لم أكن أحبّ عملي، على الرغم من أنه كان الملجأ الأخير لي. هل هذه مفاجأة؟ أجل، ومفاجأة من العيار الثقيل كما يُقال، لكن لكلِّ إنسان الحقّ في أن يُفاجِئ الآخرين بأشياء لم تخطر ببالهم، فالمفاجأة هي وحدها من يهزّ السّكون، أما إذا كان الأمر متعلّقًا بالكُتب، فإن أفضل ما يحبّه القارئ أن تكون هناك مفاجأة في النّص لم تخطر بباله أبدًا. هنا ترتفع قيمة القصّة أو الفيلم، وحتى الرواية، لديه، وتجعله يعيد ما قرأ من جديد. أما إذا توقّع الأحداث فإن هذا يدفعنا للقول: نصٌّ لا يُتقن المفاجأة لا يُعوَّل عليه.

بالنسبة إليَّ، ككاتب يعرف أن تراكم عدّة عوامل سيسفر عن نتيجة ما في النهاية، قد تكون بمرتبة مفاجأة، أو يبجّلها البعض فيسميها استشرافا، أو يبجّلها آخرون فيسمونها نبوءة.

كنتُ أتوقّع في أيّ لحظة اتّصالًا كهذا من مديري، ولكن ليس هذا الاتصال، رغم أن العالم كلّه يعاني من وقْع ضربات الوباء، ونعاني في قطاع العقارات من ضربات الرُّكود، ولم يكن ينقصنا أكثر من شَعْرة لكي تقصِم ظَهر شركات البناء والعاملين فيها.

الحقيقة أنني استقبلتُ تطوّرات العمل الجديدة بحزن، لأنها أقلّ من مفاجأة، ولو كانت مفاجأة لصُعِقتُ، إذ إنني نجحتُ خلال مسيرتي العملية ببيع عشرات الأبنية الجميلة الفخمة في مختلف مناطق

العاصمة، وخارجها أحيانًا.

لكنني رغم ذلك لم أكن أحبّ عملي، وهذه هي المفاجأة كما أشرتُ. ولعل كثيرًا منكم يستغربون ذلك، إذ في واقع اقتصادي ضعيف تتقلّص فيه أعداد الوظائف، على كلّ إنسان أن يفرح بوجوده في مكتب ما، يحميه، وأعني مربّعًا يحميه. إلا أن الوقت قد حان لأعترف أن وجودي داخل عملي القصصي، اعتبرته دائما المربع الأكثر متانة، والقادر على صدّ أي محاولة هجوم لاحتلال روحي.

ما كان يؤرقني أنني طوال الوقت كنت أتحرّك بين الدوائر، لا أعني دوائر الناس وحدهم، بل أيضًا، الدوائر التي لا بدّ منها لإنجاز معاملات البيع والشراء وما يجاورها من أمور أخرى. لطالما فكرتُ أنهم لم يسمّوا الدوائر الحكومية دوائر إلا ليُصاب كلّ مواطن يدخلها بالدّوران، وهو يشقى لإنجاز معاملاته، ليس في المكان وحده بل في الزمان أيضًا.

هكذا كنتُ، وللحقّ، أخشى دائرة الأرضي، التي علينا أن نُتمّ فيها إجراءات البيع والشراء، وأظنّ أن اسمها كان دائرة الأراضي والمساحة، كانت دائرة واحدة، إلى أن قسّموها إلى عدد من الدوائر، مبعثرة في أماكن مختلفة، بسبب ازدياد عدد الناس وازدياد عدد المربعات بالتأكيد.

قد يكون هناك معنى قاموسي للدائرة التي تعني Department، في القواميس، لكن معناها في الواقع حرفيّ.

بالطبع، هناك دوائر أخرى عليَّ، أو علينا الرّكض داخلها لإتمام أيّ صفقة بيع، مثل دائرة قاضي القضاة، ودائرة الأحوال المدنية وما إلى ذلك.

خارج هذه الدوائر، التي تُفضي لبيع مربعات جميلة، لم يكن هناك سوى دوائر أخرى: دائرة ضريبة الدّخل، دائرة المواصفات والمقاييس، الدائرة القانونية، دائرة المتابعة والتفتيش، الدائرة المالية، دائرة الوعظ والإرشاد، دائرة العطاءات، دائرة المناقصات، دائرة اللوازم، دائرة الآثار العامة، دائرة الإحصاءات العامة، دائرة الشؤون الفلسطينية، دائرة الصيانة، دوائر العلاقات العامة، دائرة الإفتاء العام، دائرة الاستقرار المالي، دائرة الحج والعمرة، دائرة تنمية أموال الأوقاف، دائرة التسويق، وبالطبع دائرة المخابرات العامة، التي تشملنا جميعًا. وللحق فهذه دائرة لم أكن أخشاها، لأن وجودي ككاتب لا يمكن أن يقوم على الخشية في قول الحقّ، ثم إنها في أسوأ الحالات يمكن أن تزجّك في زنزانة يعادل حجمها حجم مربعين صغيرين إن كانت انفرادية، وحجم مربّع كبير إن كانت جماعية.

هكذا أدركتُ مأزقي الوجودي مع "الدائرة" حين أجبرتْني الظروف على الذهاب لاستخراج شهادة ميلاد لي، صحبةَ أبي رحمه الله. أو حين تمّ تجديد الهويات، وأصبح عليّ أن أحصل على نموذج الهوية الجديد، إذ تمنيت لو أن أحد أقاربي قارع للحصول لي على شهادة وفاة لكنتُ فرحًا بها أكثر من فرحي بالهوية الجديدة.

بالمناسبة، بما أنها شهادة، أعني شهادة الوفاة، لماذا لا يتمّ إنصافها كبقية الشهادات؟ لماذا لا يضعون علامة لكل شخص توفي، فمن يتوفى بمرض عضال يحصل على 100٪، بعملية قلب 95٪، بحادث دهس أو حادث مرور 55٪ بالانتحار 50 إلى 60 ٪ بعد دراسة الدوافع، بكورونا 30٪، راسب، وعليه أن يعيد المحاولة بمنحة فرصة حياة ثانية، وهكذا!

❊❊❊

تمنيتُ دائمًا لو أن الأمر محصور بهذه الدوائر، فهي على الأقل واضحة، لكن ما أخافني باستمرار أن أسمع في الأخبار مذيعًا يقول: وقد تمَّ بحثُ الأمر ضمن "الدّائرة الصغيرة"، أو في "الدّائرة الضيقة"، أو "الدّائرة المستديرة"، أما الأسوأ فهو أن يقال في "الدّوائر العُليا".

ليس من قبيل السخرية أن أقول إنني في كلّ مرة سمعتُ فيها الاسم الأخير، نظرتُ إلى الأعلى، خائفًا أن تسقط السماء على رأسي.

هل لهذا الأمر رحتُ أُعيد النّظر بوعي، أو دون وعي، بدائرة صديقتي الرّهيفة، وبفرحها الواضح بالزّنبقة الذي لم يكن يقلّ عن رحابة مربع؟

لأحسم الأمر، استعنت بقول غسان كنفاني الرائع: "خيمة عن خيمة بتفرق"، فقلتُ لنفسي: "ولا بدّ أن دائرة عن دائرة بتفرق".

141

قصة رابعة

كما تلاحظون، غابت مُعجبتي عن السَّرد، ويبدو أن الحقيقة الجديدة في عالم اليوم هي: من غاب عن الفيسبوك، وإخوته، غاب عن القلب! كما قيل في القديم: غيب عن العين بتغيب عن القلب! وهي واحدة من حِكم الشَّعب التي أشكُّ في صحّتها كثيرًا، ولكن، من حقّ الشعوب أن تخطئ بين حين وحين في أقوالها، فقوْل كهذا هو زلّة للسان الشعب، دون أن أعني، لا سمح الله، أنني أكثر حِكمة من شعبي، لكنني رغم ذلك أُقدِّر قولًا لجيفارا، أو نلسون مانديلا، أو جورج حبش أو هدى شعراوي أو أنجيلا ديفز، أو هيلاري سوانك في حديثها عن مسلسلها الفضائي: "من المهم جدًا أن نذكّر أنفسنا بأنه لا ينبغي اعتبار الهشاشة ضعفًا بل ينبغي اعتبارها قوة، وأن تولّي القيادة عبر القوة ليس بالضرورة طريقة مفيدة لتكون قائدًا"، ربما يمكنني القول إن أقوالًا لهؤلاء أكثر عمقًا بكثير من حِكمة شعبية تقول: "حُط راسك بين الرّوس وقول يا قطّاع الرّوس"، أو تلك الحكمة التي لا تقلّ سوءًا، وثبتَ أنها غير صالحة لأي زمان وأي مكان، بدلالة انتشار جائحة كورونا، والتي تقول: "الموت مع الجماعة رحمة!" فما حدث في الشهور الأخيرة، التي آمل ألّا تمتدّ، هو أن الواحد منهم، أي الشعب، لم يعد مستعدًا للموت مع أيّ أحد، وأصبح يهرب من أقرب الناس إليه، ويتحاشى مصافحة أحبائه وعناقهم، وصحّتْ بسبب أفعالهم مقولة سارتر الشهيرة: "الجحيم هم الآخرون"، كما لم تصحّ من قبل،

حتى أنا الذي لا يمكن أن يكون حبّي لأمّي عرضة للشكّ، قمتُ باتخاذ إجراء احترازي تمثّل في المنشفتين، واحدة لي، وواحدة لها، إلى أن داهمنا اليأس، فلم يعد الأمر يهمّنا.

ما يهمّ الإنسان، في ظنّي، أن لا ييأس، إذا يئس فإن نفسه لا تهمّه، وبالتالي لا تهمّه أنفس الآخرين. كما أن يأسه، أو عدم موته بالخطر الذي كان يتوقّعه، يدفعه، بلا وعي، إلى الموت بغيره، لا لشيء إلا لأن الخطر الذي توقّعه لم يحدث، فيخرج للبحث عن سواه.

هل لاحظتم كيف تزايدت أعداد حوادث السيارات المميتة؟ إطلاق النار؟ طعن مميت؟ حوادث انتحار؟ ذبح البنات؟ اغتصاب قطة؟ أوليس هذا انتحارًا مرعبًا أيضا؟ سطو مسلح؟ مبالغةٌ في الأعراس، والمآتم والمآدب؟ وكأن الناس، بمجرد أن تمّ رفع حظر التجوال خرجوا هاتفين في وجه الوباء: لا تريد أن تقتلنا، أنتَ حرٌّ، سنقتُل أنفسنا.

طبعًا في البلاد الأكثر تطوّرًا كان الأمر متطوّرًا أكثر، حين نظّموا سهرات جماعية وخصّصوا جوائز لأول (سعيد حظ!) سيصاب بالفيروس بعد السهرة، أو الذين راحوا يشكّكون في وجود الفيروس لأنهم لم يموتوا بعد.

كل هؤلاء لم يدركوا قيمة وجودهم في المربع.

نهضتُ من نومي فزعًا، هزّني أنني رأيتُ الزّنبقة تختنق! قطعتُ الخطوات التي تفصلني عن تلك الكرتونة، كان ذلك بعد ليلتين، أخرجتُ أصيص الزّنبق، ووضعتُه على الطاولة، ورغم أن الساعة تجاوزت الثالثة صباحًا، إلا أنني قررتُ أن أُلقي بالكرتونة بعيدًا خارج أسوار بيتنا، غير عابئ بأوامر حظْر التّجوال، وخطورة الخروج في وقت كهذا، يمكن أن يتفاقم فيه الأمر إلى حدِّ الاعتقال.

في طريقي إلى الخارج أحسستُ أن رمْيَها سيريحني، أيضًا، من أسئلة أمّي المتكررة:

- ماذا يوجد في الكرتونة؟

- قصّة كتبتُها؟

- وهل هي سيرة عنترة بن شداد لتكون بهذا الحجْم؟!

- أطول.

لم أصادف أحدًا في الشارع، الشارع الذي سرتُ حتى نهايته، لأضع الكرتونة بجانب حاوية للنفايات، وهذا ما بعث فيّ الأمل.

✴✴✴

الفكرة التي طعنتْني بسيفها هي أن بقاء الزّنبقة داخل كرتونة مُغلقة، أشبه بدفنها وإغلاق القبر عليها، في وقت كل ما أتمناه منها، ولها، ولي، أن تتفتّح ثانية كما فعلتْ في المرة الأولى، وغدتْ السبب في قدوم المرأة الرّهيفة لزيارتي، غير عابئة بالنتائج.

147

في تلك الليلة، بعد أن عدتُ، دعوتُ لها أن تورق من جديد.

دائمًا نحن بحاجة للمعجزة مرّتين، ففي المرّة الأولى لا ندرك أهميتها إلّا بعد فوات الأوان، ولذا نجلس في انتظار عودتها ثانية، على نار، بعد أن تعلَّمنا الدرس، لكن من النادر أن نُمنح الفرصة التي لم ننتهزها مرة أخرى.

***

في الصباح، حين جاءت أمّي لتوقظني، كنت قد صحوتُ، وجالسًا أتأمل ذلك الأصيص.

– ما هذا؟

– شتلة زنبق.

– أين الزنبق؟!

– سأنتظر إلى أن يتفتّح. كانت هذه الشتلة عندي في المكتب، جفَّتُ، ولكنها رغم ذلك راحتْ تنمو من جديد في الصيف الماضي!

– يا ابني، إذا عدتُ شابةً ستعود هذه الأوراق الميّتة زنبقًا.

– اطمئنّي، لو لم أكن متأكّدًا لما أحضرتها إلى البيت. صدِّقيني ستتفتّح من جديد!

– ولكن عليك أنتَ أن تعتني بها وتسقيها، لأنني لا أريد أن أُوقِّع بنفسي على ورقة تقول إنني مجنونة.

– أنا الذي سيعتني بها، اطمئني!

– لكن قلْ لي، هل هذا الكورنا الذي نختبئ منه منذ شهور يصيب العقل أوَّلًا؟!

لم أُجِبْها.

***

عند الضحى وضعتُ الأصيص على حافّة النافذة، والتقطتُ صورةً له، محاذرًا أن يظهر أيّ مَعْلَم يدلّ على مكان بيتنا، فأكبر مفاجأة يمكن أن تحصل، أن تتصل الرَّهيفة من أمام البيت، لتقول لي: "أرجو أن تفتح الباب"، فأسألها "أين أنتِ؟ لستُ في المكتب؟" فتردُّ: "أنا أمام بيتكم!"

تأملتُ الصورة، كانت الزّنبقة الناشفة بوريقاتها الناشفة جميلة حقًّا تحت ذلك الضوء الشّفيف، جميلة إلى درجة يعتقد معها المرء أنها ستبدأ بالنمو، فتتفتّح ويفوح أريجها بينما ينظر إليها.

حدّدتُ الصورة، اخترت "مُشاركة"، وأرسلتُها إليها.

بعد أقل من دقيقة أرسلتْ لي تشكيلة زهورٍ افتراضية حُمرٍ ووجهًا متورِّد الخدَّين مبتسمًا.

أكثر الأمور تراجيدية في العالم أن تجدَ إنسانًا ذكيًا جدًّا لا يعرف حقوقه، أو إنسانًا يفور حياة متشبِّثًا بعبوديته.

لم أكتب لها ذلك؛ لأن من حقِّ كل أنسان أن يفكّر في أمور كثيرة ولا ينفّذها.

"لا تقُل لي إنك قطعتَ المسافة من بيتكم حتى المكتب، وبالعكس، سيرًا على الأقدام، لتنقلها إلى البيت! هل تعتقد أن هناك أملًا؟" كتبتْ لي.

"صعب، ولكن هذا لن يمنعني من أن أحاول"، كتبتُ لها.

فجأة أحسستُ ببرد شديد؛ أعتقد جازمًا أن فقدان الأمل من أكثر العوامل التي تجعلنا نشعر بالبرد.

لم يرُقْني الحوار، بدا لي، وأنا أعني ذلك، دائريًّا، بل مملًّا، وثقيلًا، كأنني أعمل على استدراجها ثانية، كالمرّة الأولى، رغم أنني لا أملك شيئًا من تلك القدرات التي توهّمتُ أنني أملكها. لن أستطيع دفْع الزنبقة للنّمو حتى لو تحوّلتُ، في عزِّ نهايات هذا الربيع، إلى غيمة ممطرة!

***

وضعتُ الهاتف في حالة "صامت"، وقررتُ أن أُشغل نفسي

150

بكتابة بعض حقوق الإنسان وبقية الكائنات. ابتدأتُ بطباعة بعض ما خطر لي أثناء ذهابي إلى المكتب وعودتي، لإحضار الأصيص:

- لكلِّ إنسان الحق في أن يحبَّ الوردة التي يريد، حتى لو غَضِب البُستانيُّ.

- لكلِّ بستانيٍّ الحق في أن يُقفِل بابَ الحديقة في وجه من لا يعرف أسماء وروده.

- لكلِّ حديقة كامل الحقِّ في أن تَزهو بورودها، وأن تبكي بحرقة حينما تُقطَف زهرة.

- لكلِّ إنسان الحقِّ في أن يسمع نداء قلبه، ولقلبه الحقِّ في أن يتوقَّف عن الحديث معه إن اكتشف أن ذلك الإنسان لم يُنصِتْ إليه ثلاث مرات متتالية.

- لكلِّ إنسان الحقِّ في أن يبوح بسرِّه لشخص ما، إذا تأكَّد أن هذا الشخص لن يبوح بسرِّه لشخص آخر، إلّا لسبب نبيل، ويكون لهذا البوح نتائج طيبة!

- لا المعرفة ولا الوعي يستطيعان إنقاذك من العزلة، ، ولذا فإن لكل إنسان الحق في وجود إنسان، ليس أي إنسان، إنسان بعينه، وإذا لم يُوجَد، فإنّ له الحقِّ في أن يخترعه.

- للعصافير الحقِّ في أن تطير وتغني دون أن نشعر بالغَيرة منها.

- للأرانب الحقِّ في أن تكون جبانة وتهرب كلَّما صادفتْ ذئبًا أو كلبَ صيد؛ هروبها شجاعة.

- للمطر الحقِّ في أن ينحبس في كلِّ أنواع الصحاري.

- لعامل النظافة الحق في أن لا يصافحنا إذا مددنا إليه أيدينا النظيفة داخل قفاز، إن رأى ذلك.

- لكلِّ إنسان الحقّ في أن لا يشتري "آيْ فون"، دون أن يُلحِقَ به الآخرون العار.

- لكلّ إنسان الحق في التباهي بشعر أخيه إذا كان أصلعَ.

- لكلّ دجاجة الحقّ في أن تحلم بالطيران، وتحاول ذلك.

- لكلّ إنسان الحق في أن يُنْجِبَ نفسَه، إذ رأى أنه وِلدَ يتيمًا.

- لكلّ إنسان الحق في أن يحزن إلى أن يستردّ ابتسامته المفقودة.

- بيض الدجاجة فراخها، كما الجنين طفل المرأة الحامِل.

- المرأة الغائبة حاضرة إلى أن يموت حبيبها.

- لكلّ إنسان الحقّ في أن يضرب رأسه بالحائط، إذا كان متأكّدا من أن رأسه له فعلًا.

- لكلّ إنسان الحق في أن يقع في المصيدة ما دام حيًّا أكثر من مرّة، ومرة واحدة فقط، بعد أن يموت.

- لكلّ إنسان الحق في أن يكون غامضًا كعين الشمس.

- لا تتحدّث، قل ما تعنيه، لا تفكر، عِشْ فكرتك.

- لكل إنسان الحق في أن يبتعد عن الشرِّ، وأن لا يغنّي له!

نبقى فرحين لفترة طويلة أحيانًا، رغم أننا نحاول أن نتذكَّر الحادثة التي أفرحتْنا ولا نستطيع، ونبقى حزينين لفترة طويلة أيضًا، رغم أننا نحاول أن نتذكَّر الحادثة التي أحزنتْنا ولا نستطيع!

غريب.

كنتُ مُوزَّعًا، فرحًا بنجاة البلد من إصابات جديدة، وحزينًا لتكاثر الإصابات وعدد الأموات في العالم.

كنتُ فرحًا، وفي قلبي جرح قديم، بأنني عثرتُ على امرأتين في الوقت الضروري، وحزينًا أيضًا، فصاحبة الدِّراسة خلف خطّ الحقيقة؛ دراستها تثبتُ أنها موجودة، لكنها غير كافية لتُحيلها إلى حقيقة ملموسة. أما المرأة الرّهيفة، فمسألة معقَّدة، عكس الأولى، حقيقية، ووهميّة لأنها دائرية، وحياتها دائرية، وحاضرها دائري ومستقبلها.

كنت باختصار بين وهم المُربَّع وعدميَّة الدائرة!

لا أعرف إن كان هذا كلامًا كبيرًا، أم لا، لأنني لم أتوقَّف عن التساؤل: إذا رفعت الحكومة الحظر تمامًا، وسمحتْ بعودة استخدام السيارات، فهل سأمضي لترتيب موعد مع المُعجبة أولا، أم مع المرأة الرّهيفة المتلهِّفة لسماع غنائي في حفلة خاصة بها؟!

مُعضلة.

قررتُ أن أواصل الحياة، التي لا يمكن أن نسميها حياة فعلا، إلى

أن يتبيّن الخيط الأبيض من الخيط الأسود من الفَجْر.

***

كتبتُ للمعجبة، دون مقدّمات: "أين تسكنين"؟

بعد ساعات أجابتْني: "توقّعت أن يكون سؤالكَ: ما هو مطعمكِ المفضّل، المطعم الذي سنلتقي فيه، ما إن يُرفع الحظْر"!

فوجئتُ بأنها تتصرّف بإخلاص نادر، لا أعني مسألة اللقاء في المطعم، بل بالرسالة المكوّنة من ستَّ عشرة كلمة القابلة للقسمة على أربعة!

"سألتكِ عن مكان البيت لكي أطمئن إن كان باستطاعتكِ الوصول إلى الحاجات اليومية الضرورية، أم لا". (16 كلمة)!

"قد تستغرب، كنا نسكن جوار دوّار من دواوير عمان الثمانية[2]، ولكنني بقيتُ "أَزنّ"، حتى انتقلنا بعيدًا عنه. (هذا قبل قراءتي لقصّتكَ بزمن طويل)، إلى أن أطاعتْني العائلة وسكنّا في بيت داخل حيّ مثاليّ التربيع؛ كل شيء يمكن أن يحتاجه الإنسان متوافر فيه، من رغيف الخبز حتى حبّة الأفوكادو"! (48 كلمة).

"الآن، يمكن أن أطمئن على وضعكِ، شكرًا لكِ"! (8 كلمة).

"وأنتَ؟ لا تقُل لي إنكَ تعاني بسبب وجودك في عين دائرة سكنيّة"! (12 كلمة).

"اطمئنّي. لا أظن أن مربّعي بحجم مربعكِ، أظنّه أصغر بكثير، بدليل أنني لم أرَ حبّة أفوكادو فيه، منذ انتقلنا إليه"! (20 كلمة).

---

2 - تبدأ هذه الدواوير (ميادين صغيرة)، من بدايات منطقة جبل عمّان، شرقًا، وتسمى الدوّار الأول، ثم تستمر: الدوّار الثاني، الثالث، حتى الثامن، على مشارف بلدية "وادي السَّيْر" غربًا.

154

"الحقيقة، بعض البشر يحبّون الأفوكادو كثيرًا، لكنهم لا يفتقدون في الحروب شيئًا مثلما يفتقدون ربطة الخبز، أليست هذه واحدة من المفارقات؟! الغريب أنني لم أرَ إنسانًا يمكن أن يُضحّي بحياته للحصول على حبة أفوكادو، ولكنّه يضحي بها بسهولة من أجل هذه الدائرة الصغيرة التي تُسمى الرغيف، إنه يغادر مربّعه الآمن من أجل الحصول عليها ولو كان الثمن حياته! هل رأيتهم كيف يتدافعون إلى الأفران؟" (64 كلمة).

"ليست مصادفة أن تكون الدائرة هي الحلْقَة، وتكون القيد، كما أن من الغريب أن من معانيها غير الرائجة: المُصيبة، الهزيمة!" (20 كلمة).

"هذان المعنيان الرّهيبان لا أعرفهما، على الأقلّ بوعيي، ربما عرفتُهما بلا وعيي. سأقول لكَ شيئًا وتستغرب، إنني لم أحبّ عمّان إلا في السنوات القليلة الأخيرة! كنت أحسّ بالضّياع فيها؛ ولذا كلّما ركبتُ سيارة تكسي من مكان إلى مكان، أطلب من السائق أن يتحاشى المرور بأي من دواويرها الثمانية، كنت أحسّ بدوار يشبه دُوار البحر الذي تعاني منه شخصيات الأفلام التي أراها، مع أن المرور بدوّار ما يختصر المسافة إلى بيتي أو إلى عملي، كثيرًا، وبقيتُ كذلك إلى أن رضخت العائلة وسكَنَتْ بعيدًا عن ذلك الدوّار. في الحقيقة لا أعرف كيف لم ينقرض سكان هذه المدينة حين كانت هناك ثمانية دواوير". (100 كلمة).

اعتقدتُ أنها أنهتْ كلامها، كنتُ على وشك أن أواصل الدردشة معها، إلّا أن رسالة جديدة منها بزغتْ من العدم، واستقرتْ أمام عيني:

"قلتُ لكَ إن حبّي لعمّان تبرعمَ في السنوات الأخيرة، الآن أحبّها "فيفتي فيفتي" كما يقال، بعد أن استُبدلتْ أربعةٌ من دواويرها بأربعة تقاطعات، لا تتخيّل كيف أصبحتْ حياتي سهلة، وآمل أن يستمر هذا إلى أن تتحوّل الدواوير الأربعة الباقية (تخيل حجم المفارقة في قولي الدواوير الأربعة)، إلى تقاطعات". (48 كلمة).

"في الحقيقة كان الأمر دائمًا بالنسبة لي أعمّ من هذا، ولكنني أفهمكِ تمامًا، وأشكركِ لأنك أشرعتِ عينَيّ على مسألة مهمة للغاية وهي علاقة المربع بالقلب، أي كيف بدأتِ تحبين المدينة باضطراد مع بدء زوال دواويرها، هل لاحظتِ من قبل المعنى العميق في أن القلب مكوّنٌ من أربع حُجرات؟!"

"لاحظتُ بالطبع، وبالمناسبة، أظن أن ما فاتني في دراستي هو أن أنوّه إلى أن قصتكَ "المربع"، مكونّة فعلا من أربعة أقسام، أي أنها أربع حُجرات، وكأنها قلبكَ.. قلبي!" (28 كلمة).

ارتجف قلبي وأنا أقرأ جملتَها الأخيرة، فرُحتُ أفكّر في ما تعنيه بكلامها الأقرب لبوح.

"ولكن نقطة ضعفها الوحيدة، حسب رأيي، وأرجو ألا يزعجكَ هذا، أنها مكتوبة على برنامج الـ وورد!" (16 كلمة).

"ما الذي تعنينه بهذا؟" (4 كلمة).

"قصة رائعة كهذه كان يجب أن تُكتب وتُنسَّق وتُنشَر باستخدام برنامج إكِسل! على أيّ حال سنتحدّث في الأمر إذا التقينا ذات يوم للاحتفاء بخروجنا أحياء من الوباء. رجائي الأول، أن لا يكون لقاؤنا في مطعم دائري، مهما كان فخمًا. أما الرّجاء الثاني فهو أن لا تأتي إلى المكان الذي سنتّفق عليه عبر واحد من الدواوير الأربعة المتبقّية. أما

الرجاء الثالث، فيُفضّل أن يكون موعدنا في يوم أربعاء، فإن لم يكن، فالرجاء الرابع، أن يكون اللقاء في واحد من التواريخ التالية في شهر (الحرّية): 4، 8، 16، 20، 24، 28، ولو كان هناك اليوم الـ 32 في الشهر لاقترحته أيضًا! " (100 كلمة).

"هل توافقني في ذلك؟" (4 كلمات).

"وهل تتوقعين أن أقول بعد هذا الحديث: لا؟" (8 كلمات).

"طابتْ ليلتكَ الليلة ودائما". (4 كلمات).

"طابت ليلتكِ، الليلة ودائمًا، سلام مربع[3]، ليلة مربّعة". (8 كلمات).

"سلام مربّع، ليلة مربعة!" (4 كلمات).

٭٭٭

سأعترف هنا، قبل أن أنتقل إلى حوادث أخرى أنني لم أكن أُحصي عدد الكلمات، كلماتها أو كلماتي، ولكنني فعلت ذلك بدافع الضَّجر الذي تحوّل إلى فرح من الصعب أن تفسره لأي شخص في العالم لا يحبُّ المربع، حين اكتشفتُ أنها كلّها قابلة للقسمة على أربعة. التفتُّ إلى أصيص الزّنبق وشلال جفافه، وتساءلت: هل سيخضرُّ أيضًا؟!

---

[3] ــ جاء في صفحة "منتدى مجمع اللغة العربية على شبكة الإنترنت": تتعلّق عبارة "سلام مربّع"، بتكرار معزوفة موسيقية ترحيبية معروفة، وكأن تكرارها أربع مرات إنما كان بتوجُّه العازفين عندئذٍ إلى الجهات الأربع، حتى يملأوا بترحيبهم الدّنيا!

كان الخبر الصاعقُ لنا جميعًا وفاة جدتي فجر أحد أيام الجمعة، يوم الحظْر الأسبوعي الكامل. الحصول على إذن الدَّفن وملحقاته، وتجهيز الجنازة، دون أن يودّعها أقرب الناس إليها كان أمرًا مريرًا. حتى أنا، أكثر الأحفاد قربًا إلى قلبها، لم أستطع الوصول إليها لإلقاء نظرة وداع وطبْع قُبلة على خدّها.

أحسستُ أن لساني قد قُطِعَ، بموتها. سأوضح ذلك فيما بعد.

بكيتُ بحرقة حينها أخبروني أن الجنازات التي راحت تتجمّع في المقبرة كانت أكثر حزنًا من الجنازات في أيّ وقت مضى، كأنّ الميت مات مرتين، فبدلَ أن يُبدِّد المشيعون عزلته، ضاعفوها، وهم يزجّونه في القبر بأقلّ عدد من الدّموع، وأقلّ عدد من الدّعوات له، وأقلّ عدد من الذكريات عنه. كانت أعداد المشيِّعين أقلّ من عدد أضلاع القبر أحيانًا.

اتصلتُ بابنها، خالي، في كندا لأعزّيه، لم يُجِب، وهو نادرًا ما يجيب. ولكنني تذكَّرتُ أن فارق التّوقيت بيننا عُذْر مُخفِّفٌ له.

اتصلتُ في السادسة مساء بتوقيت عمّان، وبعد وقت طويل أجاب:

"Hello.. who is speaking?"

"أنا فريد".

"كيف أحوالك؟ لسّه عايش؟!"

"أتصلُ بكَ لأخبركَ أن جدّتي، والدتكَ، ماتت الليلة الماضية."

"الليلة الماضية؟! كنت أعتقد أنها ماتت من زمان!"

"لا يا خال، هي لم تمت من زمان، أنت الذي مُتَّ من زمان!"

✼✼✼

ضاع خالي هناك في كندا، وأظنُّ أن أفضل ثروة حصّلها في براري الصقيع، بعد سنوات من الجهد، هي الجليد. لقد ابتعد إلى درجة لا يمكن أن يكون بعدها دافئًا أبدًا، هل أقول: بعد أن فقَدَ مربَّعه الخاص، فقَدَ روحه.

جدّتي لأبي وجدّتي لأمي وخالاتي وعمّاتي، وأمّي كنّ فرحات دائمًا بمربعاتهنّ. كُنَّ يردّدن: "إللي بيطلع من داره بيْقِلّ مِقدارُه"، أيّ أن من يغادر مربّعه يُهان. لأن لديهنّ قناعة بمربعاتهنّ، ويُردِّدن: "على قَدْ فراشك مِدْ رجليك"، وهذا ربما يكون أكبر تقدير للمستطيل الذي هو الفَرْشة، لأنها تتكون من مربعين كاملين في العادة، فوقهما مربع كبير هو اللحاف، أو الحِرام.

أختي، الخبيرة اللغوية! كانت تحبّ لعبة الحجلة وهي صغيرة، تفرح بتقافزها من مربّع إلى مربّع، لكنها حين كبرتْ وعقلتْ، ماذا حدث؟ استيقظ فيها الحنين للعبتها، فجاءت تستعين بخبرتي ليكون لها ولزوجها عدد من المربعات تتقافز فيها معه ومع أولادها.

حين يعقِلان أكثر سيُصِرُّ كل واحد منهم على أن يستقلَّ في مربعه الخاص.

خالي ذهب باحثًا عن مربّعه بعيدًا، وإذا به يسقط في دائرة لا ترحم.

أعرف أنه عانى هنا، ولكنه حينما سافر، فعل ذلك وكأنه ينتقم منّا ومن كلّ حيِّز نشغله، أنا نفسي أحبّ السّفر، لكنني أكره الضّياع، لقد أمضى الإنسان آلاف السنوات قبل أن يجد موطنًا لقدميه، ولفرط ما أحبه أسماه "بيتًا"، أي "وطنًا". لقد عانيت من المربّع المشترك؛ أربعة إخوة وأربع أخوات في مربع واحد، تخيّلوا!

ما حسّنَ مستوى حياتنا هو المربع الثاني الذي بناه أبي، انتقلنا إليه، فأصبح للبنات مربع، وللأولاد مربع، أنا نفسي مُصرٌّ على أن لا أتزوّج قبل أن أضمن مربعًا كاملًا لكلِّ واحد من أبنائي، لا أريدهم أن يعانوا طويلًا قبل أن يحقّق كلّ واحد منهم حلُمه المربّع. ولأنني لا أريد أن أُنجب أكثر من اثنين، سنكون عائلة مربّعة مثالية، آملا أن لا تُصرّ زوجتي على أن تنجب أكثر، في زمن لم يعد فيه الأولاد والبنات يقبَلون برباعي إخوة، وهذا فوق طاقتي فعلا، لأن تاجر العقارات، أو الأدقّ موظف العقارات الذي يعمل بالمربّع، أيّ بالقطعة، في هذا الوقت، وضعه أسوأ من وضع الإسكافي الذي يُضرَب به المثَل القائل: "الإسكافي حافي".

أتخيّل أمّي، لو سمعتْ منّي هذا الكلام، ستبتكر مثَلًا جديدًا يقول: "موظف العقارات مات لما عاش، وعاش لما مات"، أي حين أصبح له مربّع في النهاية؛ قبر.

طبعا الناس لم يعترفوا بهذا المربّع، إلّا بعد أن بدأوا يدفعون ثمنه، بل بات كثيرون يسرقون هذا النوع من المربّعات. فحين يلاحظ حرّاس المقابر أن بعض المربعّات القديمة لا يتمّ تفقّد من فيها، يبيعونها لأهالي ضيوف الغيب الجُدُد.

حصل لمربّع جدّي ذلك، بعد أن تآكلت شاهِدَتُهُ، وغمرتْ النباتات اليابسة مساحته في مقبرة قريبة من العاصمة.

جدّتي حلمت، ذات ليلة، أنه زارها في المنام، فلم تنتظر بزوغ الفجر، جاءت إلى بيتنا وأيقظتني، وقالت لي خذني إليه الآن.

- من؟

- جدّك.

اعتقدتُ أن خللًا ما أصاب دماغها. بذكائها الفطري أخبرتني:

- لسّه عقلي في راسي.

أخذتها إلى هناك. لم نجده، كان قبره قد غدا قبر شخص آخر، بشاهدة رخاميّة جديدة.

قالت لي:

- أكيد عملْها وطلع للسما، ما استناني!

- لا يمكن أن يفعلها، إنه جدّي وأنا أعرفه.

- عملْها وإللي صار صار، لكن الحقّ عليّ، أنا إللي عشت، ويا خسارة، شو أخذت من هالعيشة، ثلاث أربع حروب، وموت حبايب وهجران حبايب.

عُدْنا من المقبرة بخفّي حُنَيْن، رِجِلْ ورا ورجِلْ قُدّام.

سألتُ -أنا المتأكد تمامًا من موقع القبر- أين يمكن أن يختفي؟

فعرفتُ أن القبور القديمة تُحفَر في الليل، ويُقبض ثمنها في الليل، ليحظى الميتون الجُدُد بظلامها في النهار.

***

يوم موت جدّتي، وإجابة خالي، كنت بحاجة ماسّة لأي تعاطف معي، كنت أحسّ أن جسدي تبعثر في الجهات.

كتبتُ على صفحتي مُعلنًا خبر موتها للبشرية جمعاء، وختمتُ النّعي: "تُقبل التّعازي عبر الهاتف، وبالكتابة إليّ، بأي طريقة يراها المعزّون مناسبة"، واكتفيتُ بذلك، مع أن نفسي راودتني للحقّ لأن أضع عنوان البيت، حينما وقع بصري على أصيص الزّنبق وشلال الجفاف!

162

ولأنني لا أعرف المستقبل، ولأن "الدنيا حياة من موت"، كما كانت تقول جدتي، أي لا يعرف أحدنا كم سيعيش ومتى سيموت، سأعترف بشيء آخر.

في الحقيقة، لم تكن علاقتي قوية بجدّتي قبل أن تمرض، مع أنني المفضّل لديها. كنتُ أراها امرأة عاقلة أكثر مما يجب، مؤدَّبة أكثر مما يجب، بل ومُسالمة أكثر مما يجب.

حين أقول مُسالمة، لا أعني أنها من ذلك الصّنف الذي إذا صفعْتَه على خدّه الأيمن، سيدير لك الخدّ الأيسر، لا، فظاهرة العنف ضدَّ المرأة، كما يسمونها اليوم، لم تدخل بيتنا ولا بيتها، وإن كانت ظاهرة العنف ضدّ الرجل مُورستْ، وبخاصة من قبل أختنا المديرة، التي كانت تُعدّ نفسَها منذ طفولتها لتولّي منصبها-الحلم.

نحن الأولاد لم نكن ندير الخدّ الأيمن، إذ تصفعنا على الأيسر، ولا ندير الأيسر إذ تصفعنا على الأيمن، لكننا لم نكن نتعامل معها ضمن مبدأ "العين بالعين والبادئ أظلَم".

قد يكون السبب في ذلك أدبًا متأصّلًا في ذكور العائلة، وقد يكون بسبب مظلّة الحماية التي حظيت بها بنات العائلة من قِبَل أبي، الذي كان للحقّ أشبه بـ"الدّرع الواقي" لهنّ، بلغة هذه الأيام.

وأعود لجدّتي: اكتشفتُ، دائما، أنّ من الصعب عليّ أن أدير حوارًا معها، فهي توافق كلَّ من حدّثها، أيًّا كان الموضوع أو المشكلة،

مؤكِّدة رضاها، بترديدها كلمة واحدة هي "صحيح". أحيانًا تعيد الكلمة مرتين أو ثلاثًا، وهذا أكبر عدد من المرات سمعتُها فيه ترددها. وفي بعض الأحيان كانت تهزّ رأسها مكتفيةً بذلك، وإذا اكتشفتْ أن مُحدّثها الذي وافقتْه الرأي، لم يرها، تتنحنح، وتواصل نحنحتها إلى أن ينظر إليها وعند ذلك تهزّ رأسها ثانية.

كان يهمّها أن يكون موقفها واضحًا من كلِّ ما تسمعه.

هل كانت مؤدبة إلى هذا الحدّ، أم كانت على درجة من اليأس بحيث لا يهمّها أي كلام، أم كانت ترى أن كلّ كلام يُقال أقلّ ما عاشته وكابَدَتْهُ!

هكذا، واصلتْ جدتي نهجها هذا، إلى أن بدأت تنسى بعض الحوادث، بعضَ الأسماء، وتطوَّر الأمر إلى أن نسيتْ كل شيء، وعند ذلك انفكّتْ عقدةُ لسانها، وراحت تتكلَّم بصراحة في كلِّ ما لم تتكلَّم به من قبل، بجرأة غير معهودة، أدت في النهاية إلى منع أطفال العائلة من زيارتها!

لحسن الحظ أنني لستُ طفلا، ولهذا تزايد عدد زياراتي لها، ربما تعويضًا عن انقطاع زيارات الآخرين، أو قِلَّتِها، وتزايد استماعي لآرائها الدّقيقة الواضحة، أو لنقُل: الفاضحة، حتى لا يظلّ الأمر غامضًا لمن سيقرأ هذا الكلام إن كُتِبَ له النشر.

بعد تفكير طويل عميق، قررتُ أن أُعيّنَها ناطقة رسميّة باسمي!

بالطبع لم أُعلن خبر تعيينها في وظيفة عالية المستوى كتلك، إلا أن الجميع لاحظوا أن اقترابي منها سار في الاتجاه المعاكس لابتعاد العائلة عنها.

آراؤها كانت مقتضبة، كلمة أو كلمتين، وإذا استفاضت يكون

رأيها في ثلاث كلمات، لكن كل كلماتها المستخدمة، كانت كما يُقال: شتائم من تحت الزنّار.

هكذا أتيح لي أن أعرف منها (رأيي) الصريح في كثير من الأمور التي تقلقني. لم تخذلني أبدًا، أو تخذل شرف الأمانة الملقاة على كتفيها كناطقة رسمية باسمي.

سألتها بصراحة، في اجتماعاتنا المغلقة، عن رأيها- رأيي في قضايا لا يتّسع المجال لطرحها في قصصي القصيرة، كي لا أُفسِد تلك القصص بالمباشَرة.

فأجابتْ بصراحة لا مثيل لها!

سألتها عن قضايا تعصف بالسّاحتين الداخلية والخارجية، سألتها عن رأيها في مسألة توزيع الخبز بالباصات، بدل ترك أبواب الأفران مفتوحة أثناء حظر التّجوال، فأجابت بكلمة واحدة عن كل سؤال: (...)، لا أستطيع كتابتها هنا.

سألتها عن موقفها، من قطْع ترامب الدّعم الأمريكي عن منظمة الصحة العالمية، فردَّت بكلمتين كبيرتين (... ....)، وعن رأيها في ترامب أيضًا، ومحاولته احتكار لقاح كورونا، وسرقته الكمامات التي كانت مُعدّة للشحن إلى فرنسا، بدفع ثمن أعلى.

أجابت بثلاث كلمات (.... ....).

كنت أبتسم في كلّ مرة، وأعتقد جازمًا أنها فهمت ابتساماتي، فالابتسامات والدمعات من الأمور التي يفهما الإنسان حتى وإن فقد عقله تمامًا.

سألتُها عن رأيها في عصابة الحداثة، التي أزعجني تنظير أحد عُتاتها في مقابلة أُجريتْ معه، ضمن سلسلة لقاء حول (مشاغل

الأدباء في زمن كورونا). قال فيها إنه يفضّل إخضاع مخطوطاته لحظر تجوال دائم في خزنة مصفّحة (ولا أقول قاصّة مصفّحة، احترامًا لكاتبات القصة وكتّابها)، إنه مستعد لحشر هذه المخطوطات مع عثٍّ مُجَوَّع في الخزنة، على أن ينشرها لجمهور لم يتعلّم بعد كيف يختار الكتب التي يشتريها.

صمتتْ جدتي طويلًا بعد هذا السؤال الطويل، بحيث اعتقدتُ أنها لم تفهمْه، لكنها، بعد دقيقتين دهريّتين، أجابتني وهي تهزّ رأسها بأسى بثلاث كلمات لم تكن أقلّ قوة من الكلمات التي قالتها ردًّا على سؤالي المتعلق بترامب واللقاح والكمامات.

في ذلك اليوم مثلًا، أدركتُ أن جدّتي مُلِمَّة بكل شيء، وإن كان عليَّ أن أنبه هنا أنها لم تصل إلى هذا المستوى العالي بين ليلة وضحاها، فقد تدرَّجتْ آراؤها الصّادمة، انطلاقًا من الدائرة الصغيرة المحيطة بها، وأعني أولادها وبناتها وحفيداتها وأحفادها، وقد حظيتْ أختي المديرة بتصريحين على الأقل، لم أكن مُحرِّضًا بشأنهما، بل تعاملتُ معهما، أي التصريحين، وكأنهما خارج سياق العمل الرّسميّ لجدّتي. أي أنهما تصريحان شخصيان، وهذا ما ينطبق على تصريحاتها بشأن بقية خالاتي وأخوالي، وإن كنت اعتبرتُ تصريحًا بشأن خالي الكنديّ مُعبِّرًا عنّي وعنها!

في كل قضية عالمية أو محلية أو أدبية مؤرِّقةٍ لي، وجدتُ نفسي مُلزمًا بطرح موقف واضح منها، لجأتُ إلى الناطقة الرّسمية باسمي، باستثناء حالتين، خشيتُ إذا سألتُها عنهما أن أكون بذلك مُستغلًا لوظيفتها، لأنهما خارج مسؤولياتها المباشرة، وأعني موقفها من مُعجبتي وموقفها من رهيفتي!

‎***‎

من المهم أن أضيف أيضًا توضيحًا ضروريًا هنا، حتى لا يعتقد البعض، أن التصريحات المَعيبة، كانت ملصقة بلسانها على الدّوام؛ لقد كان الصمتُ ردّها حول بعض القضايا، وأحيانًا ابتسامة، أو دمعة، لكنها كثيرًا ما كانت تتجاوز حدود وظيفتها المتعلِّقة بقضايا زماننا الذي نعيش، فتدلي بآراء قاطعة في مسائل سياسية كبيرة لم أكن وِلدتُ أيامها، بحيث يبلغ طول تصريحها في هذه الحالات أربع أو خمس أو ست كلمات، تخجل منهما أُذُناي وتحمرّان، قبل أن يحمرّ وجهي.

ولأنها كانت تزنُ كلماتها جيدًا قبل أن تتفوّه بها، لم تكن جدتي مضطرّة للاعتذار عن أيِّ موقف لها، كما يفعل الناطقون الرَّسميّون باسم الحكومات والدول والمؤسسات الدولية بين حين وحين، حينما تزِلُّ ألسِنَتُهم.

ثم إن عليَّ أن أعترف، وهذا أشبه ما يكون بوسام تكريم لها، أنها لم تضطرّني في أي يوم من الأيام منها للطلب أن تتراجع عن أيّ تصريح أدلتْ به أثناء حياتها الوظيفية تلك.

جميل كان العالم معها.

كم أفتقدها اليوم وكم أتمنّى سماع رأيها في مسائل مهمّة تتعلّق بحياتنا في هذا الزمن الذي يمكن فيه للجَمَل أن يمرَّ من عين الإبرة، ولا يستطيع فيه العالم المرور من عين هذا البلاء!

كم أفتقدها.

من بين كل العزاءات التي تُقدَّم لنا، يكون هناك عزاء خاص ننتظره، وإن تمّ، فإننا نغفر للموت، إلى حدٍّ بعيد، جريمته التي ارتكبها بحقِّ قلوبنا.

سأعترف هنا بما لم يعترف به أحد، ربما، أن موت جدّتي منحني الأمل في أن تكتب لي الفتاة الرّهيفة شيئًا، شيئًا عميقًا مؤثرًا يثبتُ أنها تريد ما هو أكثر من سماع غنائي! هل أقول إنني حينما كنت أبكي أحسّ ابتسامة صغيرة خفيّة تجري مع الدّموع. أصابني صراعٌ شديد، غضبٌ على نفسي، ورضَى، لأن تلك الابتسامة التي لا تُرى على شفاه، كانت تقول لي إنكَ ما زلتَ على قيد الحياة، وإن الأمل لا يمكن أن ينشقّ مبتعدًا عن جوهركَ مهما حدث.

****

في الليالي التي لم أعرف فيها النوم، لجأتُ إلى طريقة معروفة في غرف العمليات، استطعتُ الإفادة منها خارج تلك الأماكن البيضاء المعقّمة، الأماكن التي رأيتها دائمًا أختَ النّجاة وملجأها.

ذات يوم وجدت نفسي في واحدة من هذه الغرف بعد أن دهسني سائق طائش أمام مكتب العقارات، كنتُ في بدايات عملي، فرحًا بما أنجزت: بيعُ بيت يشبه القصر في الأسبوع الأول.

للحظات اعتقدتُ أنني على الرصيف، لكنني تنبّهتُ أنني لم أكن عليه، كنت في الهواء أدورُ، والعالم يتقلّب مرّة سماءً ومرّة أرضًا.

صحوتُ في المستشفى، وأنا لا أعرف إن كانت الضربة هي التي أفقدتْني الوعي، أم دوراني في الهواء وأنا أرى السائق يبتعد، هاربًا، وقد تركني مُعلَّقًا بين الحياة والموت، في تلك اللحظات التي أحسستُ فيها أنني أقرب إلى السماء من الأرض.

في غرفة العمليات فتحتُ عينَيّ على ذلك البياض. لم تكن هناك ممرضات جميلات حول سريري، فأدركت أنني لستُ في الجنّة!

حدّثني الطبيب كما لو أنه يناغي طفلًا لا يعرف الكلام، وطلب مني أن أعدّ من عشرة إلى واحد.

بدأتُ، ولكني لم أعرف أين توقّفتُ.

هذه الطريقة، التي تسبقها إبرة المخدِّر فعّالة في غرف العمليات، لكنها كانت أشبه بجائزة لي، بعد أن اكتشفتُ مفعولها في ليالي أرقي.

هكذا، كلما وجدتُ نفسي غير قادر على النّوم، كنت أُطفئ الضوء، مستعينًا بالظلام بديلًا عن البياض، وأعدّ تنازليًّا، من عشرة إلى واحد، إن لم أنم، أجربُ العدّ من عشرين إلى واحد، ثم من ثلاثين إلى واحد، أربعين إلى واحد، وكان الأمر ينجح غالبًا، لكن، إذا كانت المسألة التي تُشغل بالي كبيرة جدًّا جدًّا، أبدأ من مائة إلى واحد، وأنجح.

أنصحكم باستخدامها، وسيكون مفعولها أكبر إذا قمتم بالعدّ الزّوجي: 20، 18، 16، .....

لا تناموا، الحكاية لم تنتهِ!

هي وصفة بسيطة، أو نصيحة بسيطة، قد تفيد كثيرًا من الناس، وبخاصة الذين يقومون، بشكل خاص، بقراءة الروايات قبل النّوم!

***

تراجعت أحلامي برسالة عميقة..

انتظرتُ وصول إشارة، ولو كانت دمعة افتراضية واحدة، تُرسلها الفتاة الرّهيفة؛ الدّمعة العالقة بطرف الوجه الأصفر الصغير، دمعة واحدة منها لي، أنا الذي كفكفتُ الآلاف من دموعها! لم أعد أريد أكثر من ذلك، لأنني في الحقيقة أكره الوجه الافتراضي الذي تتدفّق الدّموع من عينيه شلالين.

دائمًا كرهتُ المبالغة.

وصلتْني تعازٍ حارّة من أناس لا أعرفهم، ربما ينتمون إلى فئة البشر مكسوري الخاطر الذين يبحثون عن أيّ مأتم ليبكوا ويلطموا خدودهم فيه، ولأن المشاركة في الجنازات باتت محصورة، ولم تعد هناك بيوت عزاء يفعلون فيها ذلك، وجدوا خلاصَهم في حائط الوهم الكبير هذا.

بعض المُعزّين عرفتُهم؛ زبائن بوجوه مألوفة لي، أتذكّر فرحتهم بالبيوت التي كنت وسيطَ بيعها. هؤلاء تابعتُ أمورهم بعد البيع، ثلاثة أو أربعة أشهر، كلّ مرة، لأطمئن عليهم، قبل أن أنساهم.

بعضهم كان يستبدل صورته المتجهِّمة بصورة ضاحكة، بعضهم العكس. وأقدِّر أن الأخيرين، أي العكس، إما أنهم اكتشفوا أن البيت ليس حلمهم الذي عملوا كثيرًا على تحقيقه، وإما أن الخلافات شبَّتْ، لأن كل فرد من العائلة أراد مربعًا غير المربّع الذي خصّصوه له.

في الواحدة ليلًا، كنت ساهرًا، محدِّقًا في أصيص الزنبق وشلال الجفاف دون أن أنتبه. سمعت إشعار وصول رسالة، التفتُّ فوجدتُ الدمعةَ الافتراضية التي تمنيتها!

للوهلة الأولى انتابني إحساس بأن الفتاة الرّهيفة لم تكن تبالغ حين أخبرتْني بأنني مستحوذ عليها، فما الذي يُفسِّر أنها أرسلتْ إليّ هذه الدمعة دون سواها، وهناك عدد كبير من الوجوه الافتراضية المعبِّرة عن الحزن، بل والتفجُّع، كما أن هناك ما لا يُحصى من الكلمات التي يمكن أن تُرسلها إليّ لتعبِّر بها عن مدى حزنها وهي تشاركني حزني.

قررتُ أن أردّ عليها بعد دقائق، ولكنني خشيتُ أن تنام وهي تظنّ أنني نمتُ، لأنني أقلّ من حزين، بل ربما يخطر ببالها أن حفيدًا ينام مبكرًا في اليوم الذي ووريَتْ فيه جدّته التراب لا يستحقّ التعاطف. ولذا أعدتُ إرسال الوجه نفسه، فأعادت إرسال وجهين، وعندها كتبتُ لها: شكرًا.

لم أرَ صورتها الجميلة تهبط، بما يفيد أنها فتحتْ الرّسالة، الصورة التي نسيتُ أن أقول، إنني اخترتُها بنفسي لكي تكون بروفايلها، لأنني أحبّها، واستجابتْ هي لي، واعتمدتْها، وهذا أثَّر بي حقًّا، ورغم أنني أخبرتها بأنني أطلقتُ سراحها، وهي حرّة لأن تعود إلى ما تريد، فإنها لم تُغيِّر الصورة، وكأنها تقول لي: أريدني كما تُحبّ!

تراجع عدد لقاءاتنا في تلك الأيام، التي بتُّ أخالها بعيدةً جدًّا، ربما بسبب ثقل دقائق الحظْر وثوانيه، وتراجع عدد مكالماتنا، وبقيتْ الصّورة، ومعها المفاجآت اللطيفة، المؤثرة حقًا، بين حين وآخر، عندما أجدها على بعد عشرة كراسٍ في الصّفّ الذي أجلس فيه، أو على بعد أربعة صفوف خلْفي، في محاضرة، أو حفل موسيقي، أو فيلم، هذا قبل كورونا بالطبع.

قد يستغرب البعض، أنها كلما خطرت ببالي، ونظرتُ باحثًا عنها كنتُ أراها حيثما التفتُّ بالضبط، كما لو أنني أنا من أجلسْتُها هناك. لم يحدث أن نظرتُ نحو اليمين فوجدتها خلفي، أو إلى شمالي فوجدتها إلى يميني، كانت دائما في المكان الذي أريدها فيه، من النظرة الأولى.

لم أخبرها بذلك، لا لم أخبرها أنني كنتُ أنقُلها من زمن إلى زمن، ومن مكان إلى مكان، رغمًا عنها، كنت أحبّ أن تظلّ، في هذا الأمر بالذات، تشعر أنها سيّدة نفسها التي أتتْ بكامل إرادتها، لكنها في مرات كثيرة، كانت تذهبُ إلى نشاط أدبي أو فنيّ ما، فتتصل عاتبة: ذهبتُ ولم أجدكَ، أنا في القاعة الآن، لماذا تفعل هذا بي؟!

⁂

بعد مرور ربع ساعة على عدم فتحها الرّسالة، أيقنتُ أنها نامت، فقررتُ أن أنام، أو أحاول.

قدّرتُ أن ليلة الفقدان الأولى، لن ينفع معها العدّ التنازلي من مائة إلى واحد، ضاعفتُ الجرعة وبدأتُ من مائتين، 198، 196، 194، 192، 190.... 1.

لا تناموا!

⁂

في الصباح قالت لي أمّي: أنتَ لم تنم ولم تتركنا ننام، أنا الذي اعتقدتُ أنني نمتُ. ثم أضافت: فريد، أرجوك، تخلّص من نبتتك الميّتة، صحيح أنني أؤمن بأن الأعمار بيد الله، لكنني لا أستطيع أن أمنع نفسي من أن أتشاءم، فجدّتك ماتت بعد أن أحضرتَها!

- سأُخفيها.

- أرجوك أن تختار لها مكانًا لا أراها فيه. أعرف أنها لا بدَّ عزيزة على قلبكَ، لأنها، ربما، تذكّرك بشخص مات، لكنكَ ترفض أن تدفنه، وفي هذه لا ألومكَ، فهناك عشرة أشياء ذبلتْ تمامًا في خزانتي، وأرفضُ التّخلّص منها لأنها تذكّرني بأبيك!

- اطمئني.

غادرتْ أمّي الغرفة، وأنا دهش بقدرتها على إخفاء عشرة أشياء غالية تذكّرها بإنسان تُدركُ أنه لن يعود، في وقت لم أستطع فيه إخفاء شيء واحد يذكّرني بإنسان لم يزل على قيد الحياة!

غريب!

فتحتُ مِلف الحقوق في حاسوبي، وكتبتُ:

لكلِّ إنسان متشائم الحقّ في أن يتشاءم كلما رأى أشياء تذكّره بأن الأمل لم يمُت تمامًا!

ألقيتُ رأسي بين يديّ دقائق، مستعيدًا وجه أبي الذابل، الذي عاش حياته راكضًا، ولما رحل اكتشفنا أنه ترك لنا إرثًا قليلًا، لو أنفقه على نفسه لكنّا أكثر سعادة بالتأكيد!

"لم أنمْ ليلة أمس بعد أن أرسلتُ لكَ الدمعة، هي دمعتي على أي حال، مع أنني أعرف أنك انتظرتَ هذه الرسالة مني، أحسستكَ في داخلي، سمعتكَ، وأنت تطلب مني هذا. على أي حال، كلّ كلمات العزاء لا تكفي؛ الإنسان يعرف هذا منذ بدء الخليقة، ولهذا فإن أول ما يفعله حين تحلّ به مأساة كبيرة، أن يبكي، لأنه يُدرك في أعماقه أن لا شيء أكثر تعبيرًا عن حزنه من بكائه بعد حلول تلك المأساة. أتعرف، يُهيّأ لي: لن يُبدِّد حزنك شيء مثلما سيبدده قيامك بكتابة قصة جديدة. كن بخير، وكما قيل دائمًا: دعِ القلق وابدأ الحياة، عزيزي!"

***

أحببتُ رسالتها كثيرًا، وكم سرّني أنني لم أتوقّف عن الكتابة، كما سرّني وجود مخزون استراتيجي من الأفكار القصصية لديّ، لا ينتهي فعلًا، وملاحظات ولقطات، تجمّعت أيام الحظر، وهي كثيرة، وبخاصة تلك المتعلّقة بالطيور والحيوانات، لكنني كنتُ دهشًا من تلك المتعلّقة بالبشر: مرور شخص في الشارع كان أمرًا غريبًا، يولّد في عقلي وعقل أمّي، وعقول جيراننا الكثير من القصص، حول سبب خروجه في وقت كهذا. هؤلاء الجيران الذين اكتشفوا فجأة، مثلنا، حقيقة أن النوافذ تُطلُّ على الشوارع! وأن بإمكان الإنسان إذا أبعد الستارة وأطلق بصره متجوّلًا يُقلّبُ الأفق وسطوح وساحات الجيران، سيرى أشياء قد تسعده!

بالنسبة إليَّ كان مرور شخص وحيد يولّد في عقلي عشرات القصص، أو لنقل السّيناريوهات، مع أن مرور مائة شخص في السابق لم يكن يفعل بي هذا!

غريب!

أكثر ما أدهشني فعلًا حديقة لجارتي، وهي جارة طيبة، تعتني بحديقتها كما يعتني صاحب محلّ مجوهرات ببضاعته.

اكتشفتُ أن حديقتها أجمل بكثير مما كنتُ أعتقد، وتزايد إعجابي بها، أعني الحديقة، وأنا ألاحظ أن الجهد المبذول في رعايتها تضاعف، وأكاد أقول إنه يتجاوز الرّعاية التي تبذلها أمّ لطفلها. تزايد ظهورها في الحديقة، ولذا قررتُ أن أنتهز أول فرصة للحديث معها، فقد سبق وأن جرى بيننا كلام لطيف عن الطقس، ضجّة الشارع التي تزايدت في السنوات الأخيرة بصورة لا تُحتمَل، وكأن الغيب سمعنا، فقال لنا دون أن نسمعه: تريدون هدوءًا، إذن خذوا هذا الوباء سيوفّر لكم ما تشتهون من هدوء.

غريب!

أعني أن تقوم المعادلة على: إمّا هذا أو هذا!

تذكُّري لجارتي، دفعني إلى تفقُّدها؛ أوقفتُ الكتابة، سرتُ إلى النافذة، وكم فرحتُ حين رأيتها مُنهَمِكة في رعاية نباتاتها.

أستميحكم عذرًا، سأهبط للحديث معها، تاركا مساحة بيضاء على الورقة لتتأمَّلوها، اعتبروها صمتًا، قليلا من الصمت، وسط هذا الصمت الكبير، إلى أن أعود...

***

....

....

....

....

....

....

....

ها قد عدتُ!

عدتُ وقد اكتشفتُ أكثر مما تخيّلتُ.

كانت البادئة في إلقاء تحية الصباح عليّ! وهذا أمر لم يحدث من قبل.

سألتُها عن نباتاتها، فقالت لي ساخرة: يبدو أن الأزهار هي وحدها التي تموت بسبب ارتفاع درجات الحرارة، أما الفيروس فينجو، فأدركتُ أنها تابعتْ ما قيل في هذا الشأن.

ضحكتُ وأنا أتذكَّر ما سبق أن دوَّنته في هذا النص، لكنني لم أجرؤ أن أقول لها إن من قال بذلك، لا يختلف عن الذي حدّثنا عن جِلد الحذاء الذي سيرتّخي بعد انتعاله، إذ لم يسبق لنا أن ضحِكنا معًا، أو بعبارة أخرى لم يسبق أن اجتمعنا في ضحكة مشتركة حول أيّ شيء.

قلتُ لها: "أظن أن النباتات بحاجة لعناية مكثّفة هذه الأيام".

لم أقل لها إنني ألاحظ أنكِ تبذلين جهدًا أكبر للعناية بحديقتك، لأنها ستعتقد فورًا أنني أراقبها من الشّباك خلسة، ما دمتُ لا أظهرُ في الشارع.

- أنت جار يؤتمن، ولذا سأعترف لك أنني أكسِر حظْر التّجوال ليلًا، لأتفقّد أزهار الحديقة وشُجيراتها. لم أكن، للأسف، أعرف مدى وحدتها قبل الوباء أبدًا.

- هذا إحساس جميل، أتمنى لو أن البشرية كلَّها تعيشه، لتبدأ برعاية الحياة على الأرض لا اجتياحها، غاباتٍ وكائنات.

- أنتَ معي إذن فيها أفعله، أعني كسْر حظْر التّجوال لتقديم الرعاية للحديقة ليلًا.

- الحقيقة أنني معكِ وأكثر، وليت البشر يتذكّرون معاناتهم في مثل هذه الأيام، ويُدركون أهمية كلّ شيء يفتقدونه. قد تستغربين إذا قلت لكِ إن البشر يواصلون إبادة كلّ شيء جميل حولهم، مع أنهم يعرفون جيدًا، بل جيدًا جدًّا أن اختفاء النباتات سيعني موتهم، ولكنهم يواصلون إبادتها بكل الطرق، كما أنهم يعرفون جيدًا أن انقراض الحيوانات يعني انقراضهم، ولكنهم يواصلون قتْلها بكل الطرق، بل إنهم كلما سمعوا، ولا أعنيهم كلّهم هنا، كلما سمعوا أن هناك حيوانًا نادرًا، حتى لو كان داخل محميّة، تسابقوا لكي يحظى أحدهم بشرف قتْله. غريب! ما هو الشّرف في قتْل آخر حيوان من سلالته؟! الحيوانات، نفسها، التي كانت سيدة للأرض عندما وصل آدم وحواء إليها لم تفعل هذا، تصوّري لو أن ديناصورا قام بقتْل حواء، أو قتْل آدم أو كليهما، للتّفاخر أمام أقرانه بقتْل كائن فريد، لست أنا، أعني فريدًا من نوعه!

- لم أكن أعتقد يا جار أنكَ مهتمّ بالعالم كلّه، وصاحب قلب كبير إلى هذا الحدّ.

- ها أنتِ ترينِ، للمفارقة، كان لا بدَّ من وباء حتى نستطيع، كجيران، التعرّف بعضنا إلى بعض. ولكن هل تسمحين لي بأن أضمِّن حديثنا هذا في واحدة من قصصي القادمة؟

- يُثرّفني هذا يا جار، بشرط أن لا تكون القصة أقلّ مستوى من

قصتكَ الرّائعة عن المربع!

- تعرفينها؟!

- بالطبع أعرفها، أعرفها جيدًا، ولو كنتُ ناقدةً لكتبت دراسة طويلة عنها، بل لكتبتُ كتابًا، ولكن، للأسف، موهبتي بحجم حديقتي، وقصَّتُكَ بحجم العالم!

وصولها إلى القصة والدّراسة أثار شكًّا غامضًا في نفسي، وبعد أقلَّ من دقيقة أصبح الشكُّ واضحًا.

باشرتُ التحقّق من صِدْق كلامها، نظرتُ إلى الحديقة، فاكتشفتُ أن زهورها كلّها زهريّة!

هذه ليست مصادفة بالتأكيد، فتجرأتُ وسألتُها: هل لديكِ صفحةٌ خاصة على الفيسبوك؟

- ما الذي تعنيه بسؤالك يا جار؟! ما الذي يمكن أن تفعله امرأة تجاوزت الخامسة والسّبعين بصفحة على الفيسبوك؟! أنا لم أقرر زراعة هذه المساحة من البيت وتحويلها إلى حديقة إلا بعد أن حلمتُ ذات ليلة بأن لديّ صفحة، ففزعتُ. كنت منهمكة بالنّشر عليها وتصفّح صفحات الآخرين، في حُلمي، وحين هممتُ بالنهوض لم أستطع العثور على قدمَيّ بسبب الزّمن الطويل الذي أمضيته جالسة أمام شاشة حاسوبي، ثم راح نظري يضعف أمامي، إلى أن عميتُ! في تلك اللحظة تذكرتُ قطعة الأرض الصغيرة هذه، وقررتُ: إنْ عادت لي قدماي، وعاد بصري، سأَهِبُ حديقتي، من عمري، ما يبعث الحياة فيها من جديد، وهكذا بدأتُ صبيحة اليوم التالي العمل فيها.

- وهذا الكلام، هل تسمحين لي أن أُضيفه للقصّة، إذا كتبتُها.

- بالطبع، أنت جار، والجار للجار دائمًا، لكن كما أوصيتكَ، لا

أريدها أن تكون أقلّ مستوى من قصة المربّع، فمن يعرف ربما إذا أعجبتْني سأصبح ناقدة من أجلها!

- وأنا أعدكِ؛ إذا أصبحتِ ناقدةً سأُصبحُ بستانيًّا!

ودَّعتُ جارتي ضاحكةً، وبالمناسبة، هذا أفضل ما يمكن أن تفعله وأنتَ في طريقك إلى الباب، أو حيثما كنت، لتودِّع إنسانًا، أي أن تتركه ضاحكًا بسبب طُرفة أو لمسةٍ لغوية ذكيّة. هذه اللحظة ستكون أكثر تأثيرًا، في ذاكرته، من زيارتك التي قد تمتدُّ ساعات.

مع ذلك، أرجو ألا تكون جارتي قد لاحظتْ القلق الذي افترش ضحكتي التي حاورتُ بها ضحكتها.

بعد ساعتين أنهيت قصة بعنوان "المربّع الأخضر"، أضفتُ إليها أشياء أخرى متعلّقة بجارتي، وكيف أنني في الأيام التي لم أكن أعرف فيها درجة الحرارة، وما عليّ أن أرتدي، كنت أنظر من الشّباك، فإذا رأيتها ترتدي شيئًا خفيفًا، أعرف أن الجوَّ حارٌّ، أما إذا رأيتها ترتدي شيئًا ثقيلًا، فأعرف أن علي أن آخذ احتياطاتي، وهكذا.

***

مقطع يتحدّث عن تفاصيل بهذا الوضوح، لا أعرف إن كانت ستعتبره مقطعًا مُتلصِّصًا، أم تعتبر صاحبه مُتلصِّصًا. قررتُ أن أحذفه، مع أنني للحقّ اعتبرته عنصرًا مهمًّا من عناصر كسْر جهامة القصة التي ترزح تحت ثِقل الوباء، وثِقل الحظر، وثِقل الخوف من كل إنسان. ولأنني للحقّ أعجبتُ بشجاعة جارتي التي تجاوزت كل تلك المخاوف وحدّثتني عن قرب، غير عابئة بتحذيرات الحكومة عن ضرورة التّباعد وخطر المخالطة، جارتي المحشورة في دائرة الفئة العُمْرية الأكثر تضرّرًا لو أُصيبتْ، لا سمح الله.

181

أرسلت القصة لمُعجبتي، وجلست أنتظر.
انتظرتُ أكثر مما يجب.
قررتُ أن أنهمكَ في كتابة بنود أخرى لملحق حقوق الإنسان، وللحقّ، كان الانشغال به أكثر راحة لروحي من انشغالي بالكتابة القصصية ومصائر بطلاتها وأبطالها:

- لكلّ إنسان الحقّ في أن يذرف كمية الدّموع اللازمة لإطفاء حزنه، دون أيّ تدخل خارجي.
- لكلّ إنسان الحقّ في أن ينسى ثلاثة أشياء، كل أسبوع، يظن الآخرون أنها ضرورية.
- لكلّ إنسان الحقّ في التفكير داخل الصّندوق.
- لكلِّ سمكة الحقّ في أن لا تمنح جوهرة لكلِّ من تسبب لها بجرح في إحدى شفتيها، إذا أعادها للبحر.
- لأنبوب المياه الحقّ في أن لا يكون مبتلًا على الدّوام.
- لكلِّ كِتاب جيّد الحقّ في أن يمحو نفسه بنفسه إذا قرأه إنسان مرتين دون أن يفهمه، وقرر قراءته مرة ثالثة وهو نعسان.
- لكلِّ طائر الحقّ في الهجرة من شجرة إلى شجرة.
- لكلِّ طائر الحقّ في أن يخطئ الصيّادُ كلما وجَّه بندقيته نحوه.
- لكلِّ باب الحقّ في أن لا يبقى مُغلقًا إلى الأبد.
- لكلِّ كرسيّ الحقّ في أن يفتح ذراعيه ولكن ليس لاستقبال

182

الرّجال فقط.

- للتماثيل الحقّ الكامل في أن تشكو علانية من آلام المفاصل وعِرْق النّسا حتى وإن أرعب ذلك المارّة.

- لكلِّ لوحة الحقّ في أن تغادر المخزن وتعيش مع الناس شهرًا على الأقلّ، في العام، كي لا تنسى من هي!

- للغصن الجاف الحقّ الكامل في أن يتحوّل إلى عصا ويهوي على أيدي من قطعوه.

- لكلِّ زهرة الحقّ في أن تتدلل على ساقها إلى أن تموت، فهي لا تعيش طويلًا.

- للحصان الأصيل الحقّ في ميتة مُشرّفة، غير إطلاق الرصاص على رأسه.

- للجبل الحقّ في النزول إلى الوادي ليشرب الماء، فالماء الذي في الوادي مُلكه ما دام تدفّق من قمّته.

- للرسائل الحقّ في أن تعود إلى صاحبها بكامل حريتها إذا اكتشفتْ أنها لم تعد مهمّة للذين أُرسِلتْ إليهم، أو سمعتْهم يسخرون مما جاء فيها، بحجّة أنهم نضجوا!

- لي الحقّ الكامل في كلّ ما كتبتُ، ولك الحقُّ الكامل في أن تحبّه إن استطعتْ.

- لكلِّ إنسان الحقّ في أن يكون له اسم خاص به، وعلى الأمم المتحدة أن تجد حلًا لمعضلة تشابه الأسماء.

- لي الحقّ في أن أُصادق مَن أريد من الناس حتى لو لم يصادقوني.

- لكلِّ إنسان الحقّ في حياة جميلة بعد الموت، إذا عاش حياة

قاسية قبْله.

- لكلِّ إنسان الحقّ في أن يكون شفافًا، ولكن ليس كالزّجاج.

- للكاتب أن يحبَّ مُعجباته، وللكاتبة أن تحبَّ مُعجبيها على ألا يؤثر ذلك في جوهر النّصّ.

- يحقّ لهذه الرواية أن تُغيِّر عنوانها ليكون: "مأساة كاتبة القصة القصيرة" دون أن يعني ذلك، بالضّرورة، مساسًا بالمساواة بين الجنسين.

- "قصّتك جميلة، ولكن عليك أن تُعيد المقطع المحذوف الذي تتحدّث فيه عن جارتك والطقس، إلى مكانه، بعد أن اعتبرتَه مُتلصِّصًا، أنا أستغرب فعلًا، كيف تجرأتَ وحذفتَهُ!"

هذا ما كتبتْه إليّ المُعجبة المربّعة بنبرة غضب غير مسبوقة!

جلستُ مبهوتًا، لا أعرف أصلًا كيف عَلِمتْ بأمر المقطع المحذوف. لو كان هناك مَن قرأ القصة، غيري، لقلتُ إنه سرَّبَ القصة إليها قبل الحذف، لكنني الوحيد الذي يعرف ما لا يعرفه سواه في هذا الأمر.

هل تكون نجحتْ في التّسلّل إلى جهاز حاسوبي بطريقة ما؛ واحدة تكتبُ دراسة عظيمة عنّي، لم يكتبها أحد من قبل، لا بدّ أنها تملك ذكاء استثنائيًا لا يحظى به أيٌّ ممن عرفتُهم، حتى غاليتي الرهيفة! بدليل أنني كتبتُ عن الرهيفة، دون أن أسمع منها أي اعتراض أو تدخّل في النّص، أو الإيحاء لي، حتى الإيحاء، بأنها على عِلْم بما أكتبه عنها.

بعد أن تلقيتُ الصّدمة، شعرتُ بالرُّعب، صدمة معرفتها بتحرّكاتي في أكثر الأمور خصوصية: قصّتي، وأنا أعني ذلك فعلًا، لأنها أكثر قداسة من مشاعري تجاه أيِّ إنسان أو حيوان، أو سِلْم أو حرب.

فتحتُ الماسنجر وكتبتُ لها بغضب:

"لستِ مضطرة لأن تُعجبي بها، أو تخبريني ما أحذف وما أُضيف، حتى لو كنتِ الرّئيسة الدائمة للتجمّع العالمي لكاتبات القصة القصيرة وكتّابها".

كنتُ غاضبًا، فشعرتُ بضيق في التنفّس، وضربات سريعة في القلب، وألما في عنقي، كأن مصارعًا أطبَقَ عليَّ. لكنني رغم ذلك وجدتُ نفسي أعود إلى الكمبيوتر، وصدري يتّقد، شاتمًا اليوم الذي أرسلتْ لي فيه رسالتَها الأولى، فوجدتُ ردّها:

"لم تكن أكثر من إنسان مُثلّث، في أفضل حالاتكَ، أنتَ تعرفُ أنني صنعتكَ، مِن لا شيء، فاهم! مِن لا شيء، ولولا كتابتي عنكَ لما سمع بكَ أحد في هذا العالم، ولـمُتَّ نكرةً!"

ضربتُ الطاولة بقبضتي ونهضتُ حانقًا، وكما لو أنها في الغرفة معي، مضيت إلى الزاوية وأخرجتُ أصيص الزّنبق وشلال جفافه، ووضعتُه على الطاولة، بجانب الحاسوب، وكتبتُ:

"بل أنا الذي صنعتكِ! سأبقى موجودًا في هذا العالم، كتبتِ عنّي أو لم تكتبي، وإن كان من شيء أريد أن أقوله لكِ، إن أصيص الزّنبق الذي لا بدّ أنك تشاهدينه، الآن، بجانب شاشة الحاسوب، فيه حياة أكثر منكِ، وجفافه أكثر اخضرارًا منكِ، أما شلال جفافه فكلّي أمل أن يتدفّق ويجرفكِ بعيدًا إلى الصحراء-العدم؛ مكانكِ الطّبيعيّ!"

اعتقدتُ أنني مع كلمات كبيرة كهذه سأهدأ، التفتُّ إلى الزّنبق الجاف فرأيته يخضرُّ وينمو والزّنبقة تتفتّح! إلّا أن ذلك لم يمنحني القوة الكافية لأمنع رأسي من الدّوران، وجسدي من السّقوط. سقطتُ..

مُتأرجحًا بين الحياة والموت كنتُ، أرى فأُكذِّبُ عينَيَّ، وأغمضهما فأكذّبهما أكثر. لكن الشيء الوحيد الذي كان يفرحني أن ما أصابني، أصابني بعد رفع حظْر التجوال.

انطلقتْ السيارة بي إلى أقرب مستشفى حكومي، أمّي تحتضن رأسي برفق، والسّائق يسألها للمرة الثانية: "يا حجّة، هل أنت متأكدة من أن بطاقته الصحيّة معك، وأنها سارية المفعول؟" أمّي أكدت له ذلك في المرتين.

وفي المرة الثالثة قال: لن يدخلوه إلى المستشفى إن لم تكن البطاقة معنا، سيذهب مشوارانا هباءً!

وثالثة طمأنته أمّي، وهي تؤكد له: "لا تقلق، الولد مؤمَّن، وتأمينه والحمد لله درجة ثالثة! "

– "ثالثة، ما شاء الله"، ردّد السائق بصوت واضح، دون أن أعرف من هو.

.. وهيئ لي أنها طلبتْ منه أن يتّصل بزوج أختي، وعندها عرفت أن السائق واحد ممن يعرفون العائلة جيدًا.

غبتُ عن الوعي طويلًا، وحين انتبهتُ، أحسستُ بأنني وصلتُ إلى اليوم الآخِر وعدتُ. كنت ملقًى على سرير متحرِّك أمام قسم الطوارئ. المصابون على اليمين وعلى الشمال يستغيثون، وأمّي تبكي، وتُشهر هويتي في وجه الطبيب ضارعة: "الولد مؤمّن، ودرجة ثالثة،

انظر"، والطبيب يؤكّد لها أنه رأى البطاقة، ولكن لا مجال لإدخاله في الحال لأن قسم الطوارئ ممتلئ بالمرضى والمصابين.

- وهل قامت حرب وأنا لم أسمع بها؟!

- لا يا حجة، لم تقم حرب لكن قسم الطوارئ لا يتّسع لكل هؤلاء، انظري.

حاولتُ أن أرى أولئك الذين أشار إليهم، كانوا ضبابًا.

وغبتُ عن الوعي.

لم أعرف متى وصل زوج أختي، وأختي المديرة، التي حظيتْ ببطاقة الدرجة الثانية، البطاقة التي طالما تفاخرتْ بها أمامي، كما كان يتفاخر مواطن في ألمانيا الغربية وهو يتحدّث مع أخيه في ألمانيا الشرقية!

سمعتُ شخصًا بثياب بيضاء، يهمس لزوج أختي، أو هيّئ لي: سيموت إن بقي هنا، المرجّح أنه مصاب بنوبة قلبية، لا أعرف حِدَّتها، أنصحكم بنقله إلى مستشفى خاص.

شهقتْ أختي: مستشفى خاص؟ ولماذا صرفتُم له بطاقة صحية إن كنتم سترفضون علاجه حينها يكون بحاجة للعلاج؟!

- "لا تقولوا إنني لم أنصحكم"، واستدار ليبتعد.

أختي قالت له: إن كان الأمر كذلك، فأرجو أن تطلب لنا سيارة إسعاف من أحد المستشفيات الخاصة القريبة.

- يا أختي أنا لا أستطيع، أنا موظف في مستشفى عام، هذا يوقعني في مشاكل كبيرة.

رأيتُ زوج أختي يُخرج هاتفه، ويبتعد، وحين عاد، قال لها إن موظف المستشفى الخاص يقول: ليس لديه سيارات إسعاف في هذه

اللحظة.

- "اتَّصِل بمستشفى آخر"، قالت باكية، فأدركتُ كم تحبّني، وسامحتها بكل ما تبقى في قلبي من قوة على كلّ ما فعلتْه بي صغيرًا.

عاد زوج أختي، وإن خُيِّل إليّ أنني كنت قد ذهبتُ معه وعدتُ معه.

الرجل ذو الثياب البيضاء، جاء ليطمئن، فأخبره زوج أختي أن المستشفيات أخبرته أن لا سيارات إسعاف لديها.

- هل أخبرتهم أن المريض في مستشفى حكومي؟!

- وماذا أقول لهم غير ذلك ما داموا سيأتون لنقله!

- اذهب واتَّصل بهم، أو بأي مستشفى آخر، واخبرهم أن المريض خارج المستشفى، لأن عليكم أن تجرّوا العربة التي ينام عليها إلى الرصيف، ليأخذوه. هنا، في داخل المستشفى هو مسؤوليتنا، وليس مسؤوليتهم.

- ما دام مسؤوليتكم، فعالجوه.

- كم مرة سأقول لك لا توجد أسرّة في الطوارئ، لقد مرّت ساعتان، وأنتم تدورون حول أنفسكم، أنقذوا ابنكم قبل أن تخسروه.

- سآخذه بسيارتي إذن.

- على مسؤوليتك، فهو بحاجة لأجهزة إنعاش.

- ولكنكم لا تضعون له أجهزة هنا!

- يبدو أنك لم تفهم عليّ، ويبدو أنني أضيّع وقتي، لو كانت هناك أسرّة لكانت هناك أجهزة. اتّصل بمستشفى، وانتظر الإسعاف على الرصيف في الخارج، وقبل أن تصل سيارة الإسعاف بقليل نُحرِّكه من هنا.

اختفى زوج أختي، واختفيتُ معه ثانية، وحين عاد لم أكن في السرير، كنت أنتفض وأنتفض، وبقع كبيرة من البياض تتراكض نحوي. وبعد زمن لا أعرف طوله، سمعتُ صفارة سيارة الاسعاف، كانت منطلقة، كم أكره هذا الصوت؛ الغياب عن الوعي أرحم منه. غبتُ عن الوعي.

صحوتُ في غرفة بيضاء، على سرير أبيض...
لم أعرف كم مرَّ عليَّ من أيام وأنا فيه. حاولتُ أن أفتح فمي لأسأل، لم أستطع.
جلستْ أمّي إلى يمين السرير، وإلى يساره أختي، وهما تتهامسان، كما لو أنني نائم لا تريدان إيقاظي.
- هل تأكدتِ من أنه غير مصاب بالفيروس؟ سألتُها أمّي.
- الحمد لله، اطمئني.
- الله يرضى عليه، لم أرَ إنسانًا لديه أمنيات بعدد أمنياته.
- كانت أمنيتي أن يجدَ لنا بيتًا نستقرُّ فيه، قبل أن يصيبه ما أصابه.
- نصيبكم! كنتُ دائمًا أريد أن أسألكِ: هل تعتقدين أنه كان كاتبًا جيدًا، أنتِ مديرة المدرسة التي تقرئين؟
- لقد حدّثني دائمًا عن قصة سيكتبها اسمها المربّع، وقرأتُ له قصة عن امرأة متزوجة تقع في غرام كاتب قصّة.
- أستغفر الله العظيم، متزوِّجة؟!
- يا أمّي هذه قصّة! ولكن ربما كانت غير متزوِّجة، فمن يستطيع أن يعرف الحالة الاجتماعية الحقيقية لشخصية قصصية؟!
- والقُوَّار النّاشف؟
- أرض الكآبة غير صالحة لنموِّ الورود!

- يعني الولد كان مجنونًا.

- مجنون، يا ريت! المشكلة كاتب كمان!

سمعتُ أمّي تُغيّر مجرى الكلام، وبطرف عيني اليسرى رأيتها تتّجه بنظرها نحو الباب، وسمعتُ صوتًا عذبًا يُلقي السّلام بخجل، وخطوات ناعمة تقترب.

ما فاجأني أن أمّي عادت لتلتفتَ إلى أختي وتواصل الحديث معها، متجاهلةً أمر تلك الزائرة!

حاولتُ أن أعتدل في السرير حينما أصبح باستطاعتي أن أرى تلك الرّهيفة، فلعلّي أستطيع استيعاب مفاجأة حضورها وأنا مستند، أكثر مما أستطيع استيعابها وأنا ملقًى على ظهري. لم أستطع.

تقلّبتُ، لكنني اكتشفتُ أنني أدور في مكاني دون جدوى؛ أدركتُ مأزقي.

وقفتُ بجانب السّرير بوجهها الصغير المألوف، وشعرها الطويل، إلهي كم تشبه الصورة التي اخترتُها لها!

- هل أزهرت الزّنبقة؟! طمّني.

صدمة ثانية! ولكنني رغم ارتباكي، أكدتُ لها أنها أزهرتْ بدمعتين لم أعرف إن استطاعت قراءتهما.

وهنا رأيت دموعها تنهمر بصمت مَلكي، ملائكي.

دار السرير بي و◎و...

و◎..

سألتْني: لماذا أنتَ هنا؟

تلفتُّ حولي، وأجبتُها:

- لا أعرف.

- علينا ألّا نُضيّع المزيد من الوقت، هيا بنا.

- ودائرتُكِ؟

- خلاص، "لا دوائر"، واسمح لي أن أقول "ولا مربّعات". لقد اكتشفتُ فجأة أنني داخل شرنقة دون أن أنتبه، أتعرفُ ما هي الشّرنقة؟ إنها آلاف الدّوائر، آلاف الخيوط؛ الزوج يلفّ خيطًا غير مرئي حولكِ، لفّة واحدة كلَّ صباح، الابنة الرّقيقة تفعل ذلك أيضًا، تصوّر! الابن، الأمّ التي كلّما شكوتِ لها منه، لفّتْ الخيط الذي في يدها حولكِ مرتين، ثلاثًا، وقالت لكِ: اصبري! صديقاتكِ، أخوكِ، سواء كان بجانبك أو في آخر الدنيا، يفعل ذلك وهو يدعوكِ لأن تتعقّلي. خيوط، خيوط، خيوط، ولا تنتبهين إلا بعد فوات الأوان.

وأخذتْ نفسًا عميقًا وأضافت: وقد تستغرب!

- ماذا؟

- كان هناك خيط آخر في يدي وألفّه حول جسدي كلّما دُرْتُ حول نفسي مُدّعيةً الفَرح.

- غريب؟

- هل عرفتَ لماذا لم أستطع أن أخطو خطوة واحدة في اتّجاهك خلال لقاءاتنا السّابقة؟ كنتُ مُوثَقة، هل عرفتَ؟

- عرفتُ!

- شكرًا لكَ أنكَ عرفتَ، شكرًا لكَ أنك في هذا العالم، أنا الآن غير نادمة لأنني أتيتُ إليكَ، غير نادمة أبدًا. المهم بقيَ وعدٌ واحد عليكَ أن تَفِي به.

- أيَّ وعد تقصدين؟!

- ألَم تعِدْني بأنكَ ستُغنّي لي إذا خرجنا سالِـمَين من هذا الوباء؟

- وعدتكِ؟ ولكن هل خرجْنا سالِـمَين؟!

- أنتَ الكاتب، وعليكَ أن تعرف!

- سأعرف إذن! ولكن هل تعرفين مكانًا هادئًا يمكن أن أغنّي
لكِ فيه تلك الأغنية؟

- اتبعْني وأنتَ مطمئن!

- لكن أُمّي لم تزل هنا، وأختي.

- دعْهما، يمكن أن نعود إليهما متى شئنا.

٭٭٭

كنتُ مترددًا، ولكنني اعتدلتُ في السرير، وضعتُ قدمي على
الأرض، وقفتُ، رأيتُ سترتي الثقيلة ملقاةً على كرسيٍّ من جلد
أسود، فتأكّد لي كم هي متفائلة أُمّي، لتجلبَ معها سترتي، وكأنها على
ثقة من أن إقامتي في المستشفى لن تطول، وأنني سأغادره على قدَميَّ!

مددتُ يدي بهدوء، كأنني أسرق سُترتي! رفعتُها، فأطلَّ من تحتها
ذلك العنوان العريض في واحدة من الصحف الورقيّة الأخيرة المتبقّية
على قيدِ الحياة:

قتلَها في حفلة عيد ميلاده لأنها صرخَتْ في وجهه:

لن أسمح لكَ أن تنسى اسمي مرّة أخرى.

أسقطتُ سترتي بسرعة فوق الجريدة كي لا ترى "رهيفتي"
العنوان.

وصلنا إلى الباب..

في الخارج، كان هناك مطرٌ وريح. نظرتُ خلْفي، رأيتُ أُمّي
وأختي مُنهمِكَتَين في حديثهما الخافت، حريصتين على أن لا أصحو!

194

ضحكتُ،

نبّهتْني رهيفتي إلى أنني أضحكُ بصوتٍ مرتفع.

كتمتُ ضحكتي براحة يدي اليمنى، وأنا أستعيد البند الثالث من ذلك الدستور الذي شُغُفْتُ به: "لكل إنسان الحقّ في أن يموتَ، لكن هذا ليس التزامًا!" فقالت لي وكأنها قرأت أفكاري: أتعرف، الموت ليس الطريقة الوحيدة لقتْل إنسان، لا أذكرُ من قالها، ولكنني أصدِّقه.

ابتعدنا، ابتعدنا كثيرًا.

فجأة توقَّفتْ، نظرتْ إلى عينَي مباشرة، وبصوتها العذب ورِقَّتِها الصّافية قالت لي: "الآن غَنِّ لي، أرجوك غنِّ".. وبَكَتْ!

ملحق صغير

بعض التفاصيل التي لا بدّ منها لأسباب وأسباب:

الرَّبْعُ: الموضع يُنْزَلُ فيه زمن الرَّبيع.

الرَّبْعُ: الدَّار.

الرَّبْعُ: ما حول الدّار.

الرَّبْعُ: الحيّ.

الرَّبْعُ: أهل بيت الرجل وقومه.

أقامُوا فِي الرَّبْعِ: الْمَوْضِعُ يُنْزَلُ فِيهِ زَمَنَ الرَّبِيعِ.

غَادَرَ الرَّبْعَ: المَدَارَ، الحَيَّ.

رَبَعَ الرَّبِيعُ: حَلَّ، دَخَلَ.

رَبَعَ بِالْمَكَانِ: أقامَ بِهِ، اِطْمَأَنَّ.

رَبَعَ عَنْهُ: كَفَّ، اِمْتَنَعَ

رَبَعَ عَلَيْهِ: عَطَفَ.

رَبَعَ الرَّجُلُ: مَكَثَ، وَقَفَ، اِنْتَظَرَ.

اِرْبَعْ عَلَيْكَ أَوْ اِرْبَعْ عَلَى نَفْسِكَ: تَمَهَّلْ، اِنْتَظِرْ.

رَبَعَ الثَّلاثَةَ: صَارَ رَابِعَهُمْ.

رَبَعَ الحَبْلَ: فَتَلَهُ مِنْ أَرْبَعِ طَاقَاتٍ.

رَبَعَت الإبلُ رَبْعًا: سَرَحَت فِي المرعَى، وأكلت وشربت بحرية.

رَبَعَ: أَخْصَبَ.

رَبَعَت الدَّابةُ: وسّعت خطوَها وعَدَت، انطلقت.

رَبَّعَ فلانٍ رِجْلَيْه: ثناهما وهو جالس فصارتا أربعًا.

طَافُوا بِرُبُوعِ البِلاَدِ: بِأنْحَائِهَا، بِأرْجَائِهَا.

تربَّع على العرش: جلس وحكم.

تَرْبِيعُ الدَّائِرَةِ: مَسْأَلَةٌ لاَ حَلَّ لَهَا!

إبْراهِيم نَصْرالله

مواليد عمّان، من أبوين فلسطينيين اقتُلعا من أرضهما في عام 1948.

*** صــدر له شعرًا (الطبعات الأولى):**

. الخيول على مشارف المدينة،1980. المطر في الداخل، 1982. الحوار الأخير قبل مقتل العصفور بدقائق، 1984. نعمان يسترد لونه، 1984. أناشيد الصباح، 1984. الفتى النهر والجنرال، 1987. عواصف القلب، 1989. حطب أخضر،1991. فضيحة الثعلب، 1993. الأعمال الشعرية- مجلد يضم تسعة دواوين، 1994. شرفات الخريف، 1996. كتاب الموت والموتى،1997. بسم الأم والابن، 1999. مرايا الملائكة، 2001. حجرة الناي، 2007. لو أنني كنت مايسترو، 2009.أحوال الجنرال -مختارات، 2011. عودة الياسمين إلى أهله سالما-مختارات،2011. على خيط نور.. هنا بين ليلين، 2012. طيب مثل قلب سحابة- مختارات، 2017. الحبّ شريرٌ، 2017.

الملهاة الفلسطينية (الطبعات الأولى):

. الأمواج البريّة، 1988. طيور الحذر، 1996. طفل الممحاة، 2000. زيتون الشوارع. 2002، أعراس آمنة، تحت شمس الضحى، 2004. زمن الخيول البيضاء، 2007- اللائحة القصيرة لجائزة البوكر العربية، 2009. قناديل ملك الجليل، 2012. مجرد 2 فقط، 1992. أرواح كليمنجارو، 2015. ثلاثية الأجراس،2019:

ظلال المفاتيح، سيرة عين، دبابة تحت شجرة عيد الميلاد.

*** الشــرفات: (الطبعات الأولى):**

. براري الحُمّى، 1985. عَوْ، 1990. حارس المدينة الضائعة، 1998. . شرفة الهذيان، 2005. شرفة رجل الثلج، 2009. شرفة العار، 2010. . شرفة الهاوية، 2013. شرفة الفردوس، 2015، . حرب الكلب الثانية، 2016. . مأساة كاتب القصة القصيرة، 2020.

* كـتب أُخرى (الطبعات الأولى):
. هزائم المنتصرين- السينما بين حرية الإبداع ومنطق السوق، 2000.
. ديـواني - شعر أحمد حلمي عبد الباقي. إعداد وتقديم، 2002.
. السيرة الطائرة: أقل من عدو، أكثر من صديق، 2006.
. صور الوجود ـ السينما تتأمل، 2008.
. كتاب الكتابة: تلك هي الحياة.. ذاك هو اللون، 2018.
. فلسطين: ليل المحو.. نهار الذاكرة، شهادات ومقالات، 2020

* تُرجم عدد من أعماله الروائية إلى الإنجليزية، الإيطالية، الدنماركية، التركية،
الفارسيّة، ونشرت قصائد له بالإنجليزية، الإيطالية، الفرنسية، الألمانية،
الإسبانية، السويدية...
* أقام أربعة معارض فوتوغرافية، وشارك في معرض "كتّاب يرسمون":
فاروق وادي، جمال ناجي، إبراهيم نصر الله- عمان، 1993.

* نال عشر جوائز عن أعماله الشعرية والروائية، من بينها:
. جائزة كتارا للرواية العربية 2020، للمرة الثانية، عن رواية
"دبابة تحت شجرة عيد الميلاد"
. الجائزة العالمية للرواية العربية (البوكر) 2018،
عن رواية "حرب الكلب الثانية"
. جائزة كتارا للرواية العربية، عن رواية "أرواح كليمنجارو"، 2016
. جائزة القدس للثقافة والإبداع (الدّورة الأولى)، 2012،
عن مجمل أعماله.
. جائزة سلطان العويس للشعر العربي، 1998.
. جائزة تيسير سبول للرواية، 1994.
. جائزة عرار للشعر، 1991.